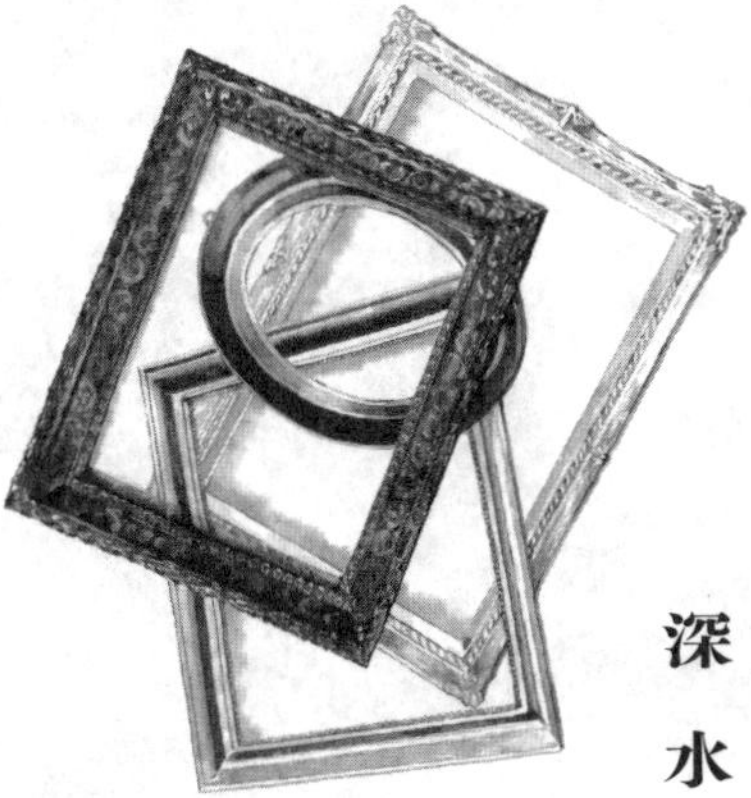

名画小説

深水黎一郎

河出書房新社

もくじ

名画小説

装幀　大倉真一郎
装画　荻原美里

名画小説

後宮寵姫

後宮寵姫

グランド・オダリスク

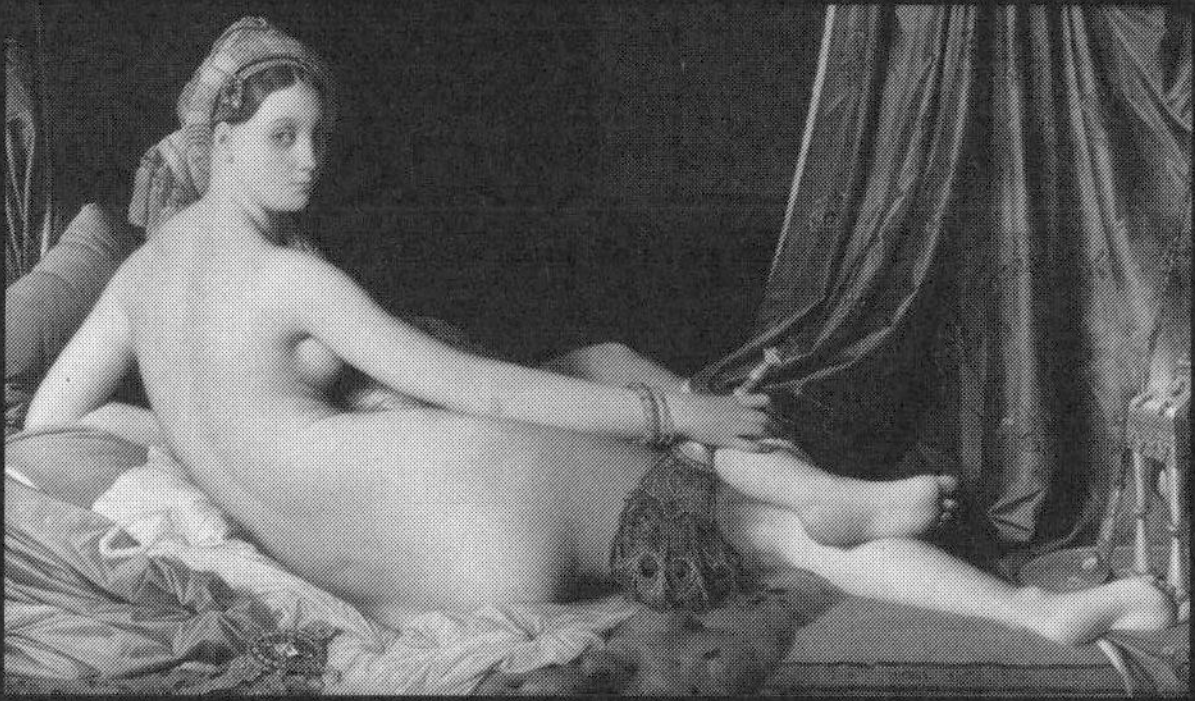

ドミニク・アングル
油彩・画布／91×162／1814年／パリ、ルーヴル美術館

羅《ルー》浮宮《ブル》美術館。言わずと知れた世界屈指の美の殿堂――。

ここに行く時は、体調万全でなくてはならない。

そこでは一体何が起きるのか、誰にも予想できないのだから――。

たかだか美術館に行くのに大げさだなどと言う勿《なか》れ。もちろん本来僕のような芸術好きの人間にとって羅浮宮《ルーブル》のような大美術館は、毎日通っても決して汲み尽くせぬ悦楽の泉なわけであるが、それだけに体調が悪い時は要注意なのだ。

画集や写真によって、いくらでも名画が見られる時代であるが、本物はやはりまるで別物だ。そうした各種媒体を通じて名画に慣れ親しんでいた人が、実物に触れた時に口にする代表的な感想の一つに、「こんなに大きいとは思わなかった」というものがあるが、恐らくその台詞が意味するものは、物理的な寸法《サイズ》だけではない。

画集や写真を録音された音楽だとするならば、本物はいわば画家たちによる生演奏《ライブ》である。彼らが何百時間、時には何千時間とその前に佇立《ちょりつ》し、黙々とその魂を罩《こ》め続けた同じ場所に立って、その作品と対峙するということだ。生半可な気持ちでそこに立ったら、魂を抜かれる。二、三分で立ち去るつもりならば、初めからその場に立つべきではない。

そしてそれが、全ての画布の前で繰り返されるのである。体調の悪い時は要注意だという所以《ゆえん》だ。考えてみてもらいたい。一つの同じ演奏会場の中で、帕莱斯特里納《パレストリーナ》と莫札特《モーツァルト》と史特拉汶斯基《ストラヴィンスキー》の楽曲が、生で同時に奏でられていたならば、たとえ人間が耳を自由に開閉することができたとしても、遅かれ早かれ頭がおかしくなることだろうが、大美術館ではそれに近いことが平気で起きるのである。

さらにもう一つ、僕の体調を狂わせるものがある。

それはそこが今まさに、〈時〉という名の篩《ふるい》が、その恐ろしい審判を下している現場だということである。

仏蘭西《フランス》は波旁《ブルボン》王朝の最も華やかなりし頃、豪奢《ごうしゃ》を極めた太陽王路易《ルイ》十四世の宮廷で最も有名な画家は誰だったか。

答えは亞森特《イアサント》・里戈《リゴー》である。

他国に先駆けて産業革命を成し遂げ、世界の覇権を握ることに成功した十九世紀前半の英吉利《イギリス》は喬治《ジョージ》四世の治世、美術藝術院《アカデミー》の会長として長年権勢を揮《ふる》い、王国《キングダム》一の画家の名を恣《ほしいまま》にしていたのは誰だったか。

答えは湯馬士《トーマス》・勞倫斯《ローレンス》である。

だがいま彼等の名前を知っているのは、美術の愛好家か専門家に限られる。なるほど彼らは時の権力と結びついていたが、同じように宮廷お抱えの肖像画家でありながら、死後もその名声が全く衰えない維拉斯奎茲《ベラスケス》のような芸術家もいるわけだから、理由はそこにはない。生前は我が世の春を満喫していた彼らの作品が、現在展示室の片隅で、その前で足を止める人のほとんどいない状態に置かれているのを見るのは何とも痛ましい。その度に僕は、〈時〉の下す判決の冷酷さに身震いせざるを得ない。

即ちここは画布たちが、沈黙のうちに自らの価値を主張して、激しく鬩《せめ》ぎ合っている戦いの最前線でもあるのだ。ここでものを言うのは、ただ遺された作品のみであり、生前に画家が得た名誉や知名度、勲章、画壇での地位等々は、一切何の役にも立たない。両側の塹壕《ざんごう》から弾の飛び交う地雷原を歩いているようなもので、無事に渡れたとしてもへとへとに疲れてしまう。埋め草的な作品ばかりが並んでいる回廊を歩く時も気は抜けない。煉獄《れんごく》からの復活の機会を、虎視《こし》眈々《たんたん》と狙っている作品があるからだ。

埋め草――芸術家にとって、これ以上屈辱的な言葉はあるだろうか。たとえば伊太利亜《イタリア》・波隆那《ボローニャ》の卡拉契《カラッチ》一族などは、今では大回廊《グランド・ギャルリ》の広大な壁の、お洒落な壁紙のような存在になり下がっているが、このまま忘れ去られたままではいないだろうと僕は豫想《よそう》する。特に最年少の阿尼巴爾《アニーバレ》の作品は、そう遠くない将来に華々しく復活を遂げることだろう。それだけの靈氣《オーラ》を僕は彼の作品から感じるのだ。

または圭多《グイド》・雷尼《レーニ》。彼の描いた《貝雅特麗齊《ベアトリーチェ》・倩契《チェンチ》の肖像》は、ある事件を通して僕にとって苦い憶い出の一枚となったが、彼の作品群は、もっともっと人の口の端《は》に上ってしかるべきだと思う。

だから僕の体調を狂わせたいと冀《こいねが》う悪人がもしいるならば、僕を無料で世界の大美術館に招待すれば良いのである。僕は〈美術館がこわい〉のだから。羅浮宮《ルーブル》以外だと、たとえば聖彼得堡《サンクトペテルブルグ》の隠士廬《エルミタージュ》、馬徳里《マドリッド》の普拉多《プラド》、紐青《ニューヨーク》の古根海姆《グッゲンハイム》あたりがいま一番こわい。さあ悪人ども、僕を招待しろ。いやして下さい。もちろん往復の渡航費と現地滞在費込みでお願いします。

そんなわけでこの日も僕はこの巨大な美の殿堂で、巨匠たちの作品と対峙しては打ちのめされることを繰り返していた。しかも間抜けなことにその日の午前中、蒙馬特《モンマルトル》の丘を散策中に階段を踏み外して、足首を捻挫《ねんざ》していた。

もちろん捻挫くらいで僕の鑑賞欲が削がれることはないのだが、肉体的な疲労はやはりいつもより早く訪れた。仕方がないので十分ほど長椅子に腰掛けて休み、再び立ち上がって安格爾《アングル》の代表作の一枚の前に佇んでいたところ、丹寧布《デニム》を穿《は》いた娘がいきなり横からぶつかって来た。

「御免なさい《エクスキュゼ・モア》」

二、三歩蹣跚《よろ》めきながらも、その言葉がぶつかるのとほぼ同時に発せられていることを奇異に感じた僕は、すぐに胸の内衣嚢《ポケット》を確認して、掏《す》られたことに気付いた。

だが慌てて後を追いかけようとした瞬間、不安定な体勢から力を加えたためか、捻挫した足首にぴりっと痛みが走った。本能的に動きを止めてしまい、その間に娘との距離が開いてしまった。間の悪いことに観光客の多い時間帯で、大声を出しても壁際の警備員に声が届きそうもない。

入っている現金の額などは高が知れているが、財布の中には徹夜で行列してやっと取得したこの国の滞在許可証《カルト・ド・セジュール》も入っている。この国に三ヶ月以上滞在する外国人は入手しなければならないのだが、窓口が地下鉄七番線の克里米《クリメ》駅から歩いて十分くらいのところ一箇所しかなく、しかも書類に少しでも不備があると（時には不備がなくても職員の悪意や気まぐれで）難癖を付けられて、なかなか交付してもらえない貴重品なのだ。

痛みを我慢して駆けだそうとした時だった。

一本の白い手が、斜め上からすっと差し出された。

そのすべすべした掌《てのひら》の上には、何やら小さくて軽くて硬そうなものが載っている。僕はあれこれ考える暇《いとま》もなく、咄嗟《とっさ》にそれを摑んで、逃げる娘の背中に向かって投げつけた。

それは逃げ去る娘《ラ・フュギティヴ》の首の後ろ、俗に云う盆の窪に命中した。

元より当たっても何ら殺傷能力は有しない飛び道具だが、娘は平衡《バランス》を崩し、そのまま前のめりに倒れた。身体を庇《かば》おうとして木の床に手をついたため、その時掌が開いて、握りしめていた財布がそのまま勢いよく床の上を滑って行った。

警備員が走って来て落ちた財布を拾うと、当惑した顔で丹寧布《デニム》の娘の姿と僕の顔を交互に見比べた。

僕は警備員から財布を取り戻すよりも先に、痛む足を引き摺りながら、彼女が貸してくれた小さな武器を拾いに行った。ほんの一瞬だが手にした感触で、それが何であるかは薄々気付いていた。

それは部屋の隅、木張りの床の上にそっけなく転がっていた。

正体に薄々気が付いていたとはいえ、その実物を改めて手にすると、愕《おどろ》きでやはり震撼せざるを得なかった。

僕は改めて画布の前に立つと、恭《うやうや》しく彼女にそれを返した。彼女は至極当然のことをしたまでという顔で、右手に持った孔雀《くじゃく》の羽根を一旦下に置くと、括《くび》れた身体をさらに捩《ねじ》って僕の手からそれを受け取った。

それは描かれた直後から、「二つ余分についている」と、無理解な評論家たちから散々揶揄《やゆ》の対象とされて来た、彼女の椎骨《ついこつ》の一つだった。

まさか、本当に余分についていたとは！

しかもこんな風に、自由に着脱可能だったとは！

素描《デッサン》の正確さにおいては右に出る者のいなかった画家が、敢《あ》えて解剖学を無視してまで持たせた円《まろ》やかな背中の女は、再び羽根を手にすると、自分の首筋のあたりを颯《さ》っと一撫でした。

すると一瞬で彼女——安格爾《アングル》の筆になる後宮寵姫《オダリスク》——の背中はするりと伸びて、さっきまでと全く同じ長さの同じ括れへと戻っていた。

羅浮宮《ルーブル》美術館。言わずと知れた世界屈指の美の殿堂——。

ここに行く時は、体調万全でなくてはならない。

そこでは一体何が起きるのか、誰にも予想できないのだから——。

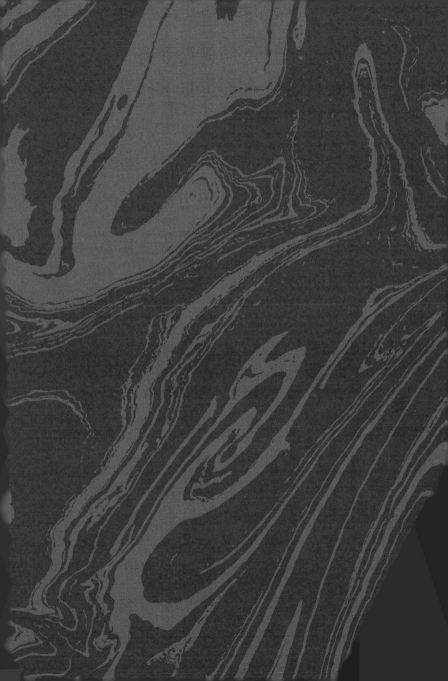

旧校舎の踊り場

休み時間に、おしゃべり好きの侑未《ゆみ》が話しかけて来た。

「ねえねえ、旧校舎の踊り場の話知ってる？」

「なあに？」

あたしはとりあえず興味津々という表情を作りながら答えた。

「ちょっと怖い話なんだけどさあ、夏姫《なつき》もこの学校に来た以上は、知っておいた方が良いと思ってさ」

「だから何？」

「旧校舎の三階と四階の間の踊り場に、大きな姿見があるんだよね。二〇年くらい前の卒業生が、卒業の時に寄贈したやつなんだけど」

「あ、そうなんだ」

何だそういうやつかと、あたしは少しテンションを下げながら答えた。いわゆる学校の怪談ってやつらしい。

これまでの言動から察するに、どうやら侑未はこの手の話に目がないみたいだけど、あたしははっきり言って食傷気味だ。あたしは父親の仕事の関係で、中学生の頃から何度も転校を余儀なくされて来たのだけれど、行く先々で、毎回同じような話を聞かされるという経験をして来たからだ。それらの学校同士には横のつながりは全くない筈なのに、そこに伝わる怪談は大抵似たり寄ったりで、人間の想像力にはそれほど大したバリエーションはないことをあたしは知った。

というわけで興味は全然ないけど、転校して来て友達ができるかどうか不安だったあたしに、真っ先に話し掛けてくれた侑未相手に、その先は聞かなくても大体わかるよとはまさか言えない。

「その時の卒業生なんだけど、卒業式の帰りに固まって道を歩いていたところに、居眠り運転のダンプが突っ込んで五人死んだらしいの」

「うわ」

「そのせいなのか、日が暮れてからあの姿見の前に一人で立つと、恐ろしいものが映るんだって！」

「ひょっとして、自分の死に顔が映るってやつ？」

あたしは先回りして言った。もっと大げさに怖がってあげた方が侑未が喜ぶことはわかっていたけど、何だかこの時は、演技するのが億劫《おっくう》になっていた。あんたはこの学校にしかない話だと思っているかも知れないけど、けっこうどこにでもある話だよ、それ。

「それってさあ、誰かがそういうデマを飛ばすと、それからそのシチュエーションで鏡の前に立つ時、みんなおそるおそる覗き込むから、自然と顔から血の気が失せたり、頬が引き攣《つ》ったりして、そういう風に見えるだけなんじゃないのかな」

だけど侑未は冷静に首を横に振った。

「違うの。自分が死ぬ時に、自分が見る光景が映るんだって」

「えっ？」

ちょっとびっくりした。そのパターンは初めて聞く——。

「だから例えば溺れて死ぬ人は、海の中とか川の底とか、とにかく水の中にいる光景が見えて、車の事故で死ぬ人は、衝突する寸前の車から見える光景が見えるんだって。飛行機事故で死ぬ人は、揺れてパニックになってる飛行機の中が、鏡の中に映るんだって！」

「何それ。超怖いんですけど！」

気が付いたら自分で自分の両肩を抱いていた。夏服のセーラー服から剝き出しになっている二の腕に、鳥肌が立っていた。

「でしょでしょ？」

侑未は、嚙まれたら痛そうな白い八重歯を覗かせながら、してやったりという表情を泛《うか》べた。

——

とそんな話で盛り上がったのが、今から三週間ほど前のこと。あの時は日が暮れてから自分が旧校舎の階段を一人で上ることなんか、絶対にないと思っていたからあんな風に笑っていられたけど、まさかその後すぐにそんな機会がやって来るなんて。面倒がって誰もやりたがらない学園祭のクラス委員を、新しい環境に早く慣れようとうっかり引き受けたのが運の尽き、まさか旧校舎の四階に、学園祭の過去の資料を置いている部屋があるなんて。こんな時間にそこに置いてあるダンボールを、一人で取りに行く羽目になるなんて――。

だけど委員の先輩たちもひどいなあ。こういうのを取りに行くのが一年生の役回りというのはまあ仕方がないとして、転校してまだ一ヶ月ちょっとなんだから、誰か一人くらい一緒に来てくれてもいいのになあ。でもあたしもカッコ付けて、一人で大丈夫です行って来ますとか言っちゃったからなあ。

もちろん侑未の話なんか信じてはいないけど、あんな怖い気分になったのは、ここ数年では初めてのことだ。いま憶い出すだけで心悸《しんき》が高まる。

あの日の夜に侑未が送って来た絵も怖かった。メールに添付されている画像を何気なく開いたら、鏡に映る自分の姿にうっとりしている（ようにあたしには見える）若い娘のすぐ後ろに、骸骨《がいこつ》のような人が立っている絵がいきなり現れた。もう一人中年の女性がいて止めようとしてくれているけど、骸骨は砂時計片手に迫って来る。

あんな話をした後にこんなの送って来るなんて、果たしてこのまま侑未と仲良くなっていいいのかなあと疑問に思った瞬間だった。

翌日文句を言ったところ、「でもあれ自体は、別に怖がらせるための絵じゃないよ。うちらみたいな美少女も、ぐずぐずしてたらすぐにばーさんになるんだから、時間をムダにしちゃいけないという教訓的な絵なんだよ」と言われて、何も言い返せなかったけど。なに自分で自分のことを美少女とか言っちゃってるのとツッコむこともできなかったけど。だから元々はそういう意味かも知れないけど、それをあたしに送って来たのは、怖がらせて楽しむためでしょ？——そう言うべきだったと気付いたのは後になってからだし、それにジョークを解さないつまんない奴と思われるのも嫌だった。

旧校舎の二階を過ぎて、三階へと向かう。外はもうどっぷり暮れている。いっそ外のように真っ暗ならば、うっかり鏡に目をやったとしても、何も見えないだろうから怖くないのに、階段には常夜灯の明かりや火災の時の非常口を示す緑色の光があって、中途半端に明るいから困ってしまう。

そうこうしているうちに三階も通り過ぎた。いよいよこの先が、問題の姿見のある踊り場だ。何度も言うけどあたしはあんな与太話、信じてはいない。そもそも鏡って、その手の話がメチャクチャ多いのだ。あたしが最初それだと思った、大きな姿見に自分の死に顔が映るってやつ以外にも、四時四十四分に大鏡の前に立つと、鏡の中に引き込まれて戻って来られなくなるというのもあった。学校によっては鏡の前には引き込まれた人の靴が残っていて、誰にも見られずにそれを家に持ち帰ることができたら幸せになれるけど、途中で誰かに見られたら三日以内に死ぬというサイドストーリーが付随していたりした。

あと《紫の鏡》というのも一時期めっちゃ流行った。これは《紫の鏡》という言葉を二〇歳まで覚えていると、二〇歳の誕生日に鏡の破片に全身を刺されて死ぬというもので、最初それを聞いた時は、そんな簡単な言葉忘れられるわけがない、あたしの人生終わったと絶望したものだけど、実は解除方法がちゃんとあって、夜中の十二時ジャストに《水色の鏡》と唱えればいいというのだ。そこであたしはその話を聞いた日の夜、十一時四十五分から十二時十五分までの三〇分間、都合一〇〇回以上、休みなく《水色の鏡》と唱えた。バカバカしい、何で信じちゃってるんだろうあたしと思いながら蜿蜒《えんえん》三〇分も唱えたのは、万が一時計の針がずれていて、解除が効かなかったら嫌だと思ったからだ。だから大丈夫！

だけどやっぱり、できることなら踊り場の鏡は見たくない――。

そこであたしは、一つ作戦を立てていた。踊り場に向かう途中で、階段の手摺りにしっかり摑まったまま目を緊《かた》く瞑《つむ》ってしまうのだ。そのまま目を開けず、手すりだけを頼りに上り切って踊り場に到達したら、手すりから手を離さずに身体を180度回転させれば良い。そうすれば鏡を見ることなく踊り場を無事通過して、四階に到達することができるというわけだ。帰りは逆の手で手すりに摑まって、同じようにすればいい。ひょっとしてあたしって天才？　て言うかこの程度のこと、誰でも思いつくか――。

そうこうしているうちに、階段の真ん中くらいに差し掛かった。あたしは左手を伸ばして手すりにつかまると、予定通り目を瞑った。木製の手すりはひんやりしていた。つま先で上の段を確かめて、一歩一歩慎重に上る。段を踏み外して転ぶのも、それはそれで嫌だし、転んだ拍子に目を開けてしまい、意図しない形で鏡を見てしまうのはもっと嫌だ。

しばらくすると、手すりが平らになった。どうやら踊り場に着いたらしい。そろりそろりと次の足を出すと、次の段差を勝手に予測していたらしい足が空中でたたらを踏むようになって、あたしは前につんのめりそうになった。

だけど頭の方は足と違ってシミュレーションができていたので、その拍子にうっかり目を開けることは回避できた。

これで大丈夫。あとは踵《きびす》を返し、方向転換をして上るだけだ。

だけど――。

人間の心って、何て不思議なんだろう。そうやら無事に踊り場を通過できるとわかった途端に、あたしは急に知りたくなってしまったのだ。

あたしが死ぬ時に見る光景って、一体どんななんだろう？

成長した子供たちや可愛い孫たちが、あたしの顔を心配そうに覗き込んでいるのかしら。

その中には、まだ見ぬ優しいダンナ様の顔もあるのかしら。きゃ♡

あたしのダンナ様って、どんな顔してるんだろ。でも男女の平均年齢差を考えたら、ダンナの顔は見えない可能性が高いかなあ？　いやいや、相手が年上とは限らない。これからの時代、相手が年下ってことも充分にあり得るし、目を開けたら顔が見えるかも――。

そう思うとドキドキが止まらない。

でも誰の顔もなくて、病院かどこかの天井の蛍光灯が、ぽつんと淋しく映っていたら嫌だなあ。

季節は夏がいいなあ。物心ついて、自分が夏姫という名前だと自覚した時から、死ぬなら夏がいいと思っていた。冬に死ぬのは何だか淋しすぎる。

炎とかが見えたら最悪だなあ。だって焼死って、死に方の中で一番苦しいって言うじゃない？

怖い。怖いけどドキドキする。見たい。だけど見たくない。

そして――。

好奇心が恐怖心を上回った。結局あたしは、その場で薄目を開ける誘惑に勝てなかった。

心臓の鼓動を痛いほど感じながら、おそるおそる目を開けた。

そして次の瞬間――。

あたしは正直拍子抜けした。

常夜灯や高い窓から射し込む月明かりに照らされて、セーラー服姿のあたしが鏡に映っている。ミニの制服のスカートから伸びる白い脚は、細すぎず太すぎず、我ながらなかなかイケている。

なあんだ、普通の鏡じゃん。まあ当然と言えば当然のことだけど――。

我に返ると、さっきまでの自分のドキドキが急におかしくなった。やだ、あたしとしたことが、ちょっとでも〈その気〉になってしまったじゃない。テヘ。明日侑未に話して、二人で大笑いしようっと。

そもそも常識的に考えて、鏡なんていくら大きくても所詮はガラス板の裏面に薄片を貼ったり金属質の塗料を塗ったりして、入って来た光が反射するようにしただけの代物であって、そんな超自然的な力なんか持つわけがない。卒業式の日にダンプが突っ込んで五人死んだなんていうのも、多分後付けの作り話だ。この手の話は信憑性を高めるために、どんどんどんどん日くありげな尾鰭《おひれ》が付いていくものなのだ。

ところがその次の瞬間、あたしは愕《ぎょ》っとした。

鏡の右下隅に、大人の男の人の顔が映っている。

嘘？　誰？　幽霊？

足が竦んで動かない。鏡のその箇所から視線が離れない。

だがその人はゆっくり階段を上りながら、鏡の中のあたしに向かって、口角を上げて笑いかけた。

誰だかわかってあたしは吻《ほ》っとした。なあんだ、守衛のお兄さんじゃん。どうも、見回りご苦労さんです。

前のおじさんが病気で入院しちゃって、先週から来ている新しい人で、まだ若くて雰囲気イケメンぽいところもあるので、気になりはじめている子もいる。校舎の傷んでるところを見つけ次第補修できるようにだろう、片手に提げたビニール袋の口からは、大工道具らしい木製の柄が覗いている。

あーびっくりした。やっぱりただの普通の鏡じゃん。

死ぬ前に見る光景が鏡に映るなんて、そんなことあるわけがないじゃん。

旧校舎の踊り場

女の三段階と死

ハンス・バルドゥング・グリーン
油彩・板／48 × 32.5 ／ 1510年頃／ウィーン、美術史美術館

美姫と野獣

貴婦人と一角獣より“我が唯一の望み《ア・モン・スール・デジール》”

タペストリー／377×473／1500年頃／パリ、クリュニー中世美術館

娘が飼っていた中型の英国風格雷伊獵犬《ブリティッシュ・グレイハウンド》は、彼女にとてもよく懐《なつ》いていた。娘の名前は伊利沙伯《エリザベス》。莫大な財産と広大な領地を所有する、由緒正しい貴族の家の一人娘だ。一方犬の名前は哈利《ハリー》。

元々この国では格雷伊獵犬《グレイハウンド》は、貴族だけが所有・飼育を許された特別な犬種である。極めて敏捷で、時速に換算して約七〇粁《キロメートル》の速さで走ることができるが、これは哺乳類では獵豹《チーター》に次いで二番目の速さである。その中でも特に哈利《ハリー》は四肢がすらりと長く、體《からだ》に比して顔は小さく、一流の競技者《アスリート》のように腹部が抉《えぐ》れた美丈夫な犬で、その疾走する様子は正に褐色の弾丸を思わせた。実は哈利《ハリー》という名前も、その速度《スピード》からの連想で名付けられたものだ。

伊利沙伯《エリザベス》と哈利《ハリー》は普段から、言葉を介さずとも、まるで心が通い合っているかのようだった。お転婆だった伊利沙伯《エリザベス》は、ある日城館の階《きざはし》で一人で遊んでいた時、連衣裙《ドレス》の裾《すそ》をうっかり踏んづけて転んでしまったのだが、唯一それを見ていた哈利《ハリー》は、一目散にどこかへ駆けて行き、わずか五分後には、その袖口を口で銜《くわ》えて主治医を連れて来た。鳥籠の中の鳥のような毎日に嫌気がさし、下々の者と同じように自由に町を歩いてみたくなった伊利沙伯《エリザベス》が、ある日執事や家庭教師たちの目を盗んでお忍び《インコグニート》で城下町に出た時に、柄の悪い男たちに因縁をつけられたのを救ったのも哈利《ハリー》だった。

普段は人に危害を加えることなど絶対になく、伊利沙伯《エリザベス》のたっての希望で屋内で飼われていたにもかかわらず、哈利《ハリー》がその野性や本能を失うことは決してなかった。城館のまわりでは時折、哈利《ハリー》によく似た雑種の仔犬の姿が見られるようになった。同じ爵位を持つ政敵に弱味を握られた伊利沙伯《エリザベス》の父親が、それを公にしない交換条件として、まだ十三歳だった彼女を相手に嫁がせることを要求され、渋々ながらそれを承諾してしまった時、哈利《ハリー》はどこかに出掛けたまま珍しく一晩戻らなかったのだが、翌朝その赤ら顔で蘿莉控《ロリコン》の中年貴族は、自分の屋敷からわずか数百米《メートル》という地点で、喉笛を鋭い牙のようなもので嚙まれて死んでいるのが発見された。直ちに野犬の取締りが強化されたが、もうその時哈利《ハリー》は城館の中、伊利沙伯《エリザベス》の部屋のふかふかの絨毯の上で、静かに寝息をたてていた。

かつて幼い伊利沙伯《エリザベス》が転んだ階《きざはし》の踊り場には、巨《おお》きな緋織壁毯《タペストリー》が飾ってあった。巴里《パリ》の克呂尼《クリュニー》中世美術館の至宝を見て感動した父親が、その中の一枚を模して織らせたものだ。真紅の地に鏤《ちりば》められた千花模様《ミルフルール》を背景に、色鮮やかな経《たていと》と緯《よこいと》が絡み合って、貴婦人と純潔の象徴である一角獣、そして獅子《ライオン》とおぼしき獣の姿が精緻に織り上げられている。

哈利《ハリー》は時々階《きざはし》の一番上に立っては、黒曜石のように黒光りするその瞳で、その緋織壁毯《タペストリー》を凝《じ》っと眺めていることがあった。真ん中の貴婦人と伊利沙伯《エリザベス》の姿を重ね合わせていることは論を俟《ま》たないにしても、自分を一角獣と獅子のどちらに準《なぞら》えているのか、それはわからなかった。

だが娘と哈利《ハリー》の幸せな日々が、いつまでも続くのは元より不可能なことだった。犬は人間のおよそ七倍の早さで年を取るからだ。年頃を迎えた伊利沙伯《エリザベス》の美しさに、日に日に磨きがかかって行くのとは対照的に、彼女の愛犬の方は、日に日に老いさらばえて行った。いくら駆けても疲れを知らなかった格雷伊獵犬《グレイハウンド》の健脚が、ほんの少し駆けただけで縺《もつ》れるようになり、普段の散歩でもよたよたと跛行《はこう》することが多くなった。黒曜石のようだった瞳は、溜まった目脂《めやに》によってその輝きを失い、艶《つや》やかだった全身の毛並みにも、抜け毛が目立つようになった。絨毯の掃除人は、聞かれない程度の小声で、毎日ぶつぶつと文句を言っていた。

やがて哈利《ハリー》は自らの運命を悟ったのか、くーんくーんと喉を鳴らしながら、夜ごと悲しげに伊利沙伯《エリザベス》を凝視《みつ》めるようになった。

そしてある満月の夜、老い先短い忠犬のことが愛おしくてたまらなくなった伊利沙伯《エリザベス》は、一体何の気まぐれか、いつも湿っている犬の鼻先に顔を寄せると、すっかり牙の衰えたその口に、静かに静かに接吻《くちづけ》をした。

すると、何ということだろう！

中型の格雷伊獵犬《グレイハウンド》が、突然むくむくと大きくなったかと思うと、次の瞬間には若々しい王子様に変わったのだ！

ぴっちりとした衣裳に身を包んだ王子様は、緋色の釣鐘型外套《マント》の裾を翻しながら爽やかに言った。

「ありがとう。悪い魔法使いに魔法をかけられていたんだ。満月の夜に、貴族の娘が接吻してくれるまで解けない魔法をね」

一方娘は、愕きのあまりしばらく口が利けなかった。

それを見て王子は、微笑《ほほえ》みながら続けた。

「どうしたの？　ひょっとして僕が犬のままの方が良かったのかな？」

伊利沙伯《エリザベス》は慌てて首を振った。

「いいえ、ただこれって、著作権的には問題ありませんの？」

「著作権？　一体何のこと？」

王子は首を捻《ひね》った。

「ひょっとして『美女と野獣』のことを言っているのならば、全く何の問題もないと思うよ。原作者は十八世紀の維勒納《ヴィルヌーヴ》夫人とされているけど、元々は仏蘭西《フランス》の古い民話なんだからね。そもそも著作権なんてあってないようなものだし、仮にあったとしても、とっくの昔に切れてるよ」

それを聞いた伊利沙伯《エリザベス》は、安堵の溜息をついた。

「なるほど、それもそうですね」

だがその表情は未だ晴れない。そこで王子は再び白い歯を見せながら続けた。

「どうしたんだい？　まだ何か気になることでも？」

「いえ……何と言うか、その……あまりにも急で、まるで夢のようで……」

「夢じゃないよ。ほら、触ってごらん」

王子はかつての飼い主のぽってりとした手を取ると、自分の筋骨隆々とした上腕二頭筋や大胸筋をぺたぺた触らせた。伊利沙伯《エリザベス》が陶然《うっとり》するのを見て、王子は快活な口調に変わった。

「さあ、行こう！　私の王国へ！」

「どうやって行くのですか？」

「もちろん空を飛んでだよ」

「飛べるんですか？　ついさっきまで犬だったのに？」

するとさすがの王子も、ちょっと苛々《いらいら》した表情を見せた。

「飛べるんだよ！　何故か飛べることになっているんだよ！　だってこんなに盛り上がった後、おもむろに駅の窓口で並んで切符を買って、改札を通って、駅弁にお茶とか買って、麦酒《ビール》にさきいかなんかも買っちゃって、列車にごとごと揺られて行くなんて、何だか間抜けじゃないか！」

「なるほど、そうですね」

「そうだ、あの綵織壁毯《タペストリー》を空飛ぶ絨毯に変えて、それに乗って行くのもいいな」

「そんなこともできるの？」

「私にできないことはない」

王子はもう言葉は要らないとばかり、太い腕で娘を抱き締めた。

「伊利沙伯《エリザベス》……」

貴族の娘は抱き締められるがまま、まんまるい頭を王子の逆三角形の厚い胸板に凭《もた》せた。

「玉子様……」

だがそれを聞いた王子は、元飼い主の身体を自分の胸から、突然ぐいと引き離した。

「おい！」

「ど、どうしました？」

「自分で言っておいて、気付いてないのか？」

「何がです？」

「言わせるのかよ。私は王子様だ！　玉子様《たまご》ではない！」

「あ、すみません。ここはお約束かと思いまして」

「そんなお約束は、守らなくていいんだよ！」

「そうですか、それじゃあ多分植字工の失策《ミス》ですわ」

「植字工って、今でもいるのかなあ？　ＤＴＰの普及によって、職業自体が消滅しちゃったんじゃないの？」

王子は釣鐘型外套《マント》の裾を再び翻しながら首を捻った。

「ままあ細かいことは気にしないでもう一度」

「うーん、濡れ衣を着せられた植字工が可哀そうな気もするけれど、まあいいか。では改めて、我が愛しの美姫《びき》よ！」

「王子様！」

だが二人の唇が正に触れ合わんとした瞬間、王子はまたもや自分の胸から伊利沙伯《エリザベス》を引き離した。そして今度は、勢い良く突き飛ばした。

ちょっと太目の伊利沙伯《エリザベス》は、絹の天蓋のついた睡床《ベッド》の上を護謨鞠《ごむまり》のように転がって、向こう側に転げ落ちた。

王子はかつての飼い主を憎々しい目付きで睨《にら》みつけると、一転して柄の悪い口調に変わって言った。

「この俺にも、できないことがあることを憶い出したぜ。獣だった時代に受けた肉体的な傷は、人間に戻ってもそのまま引き継がれ、元には戻らないんだった」

「そうなんですか？　だけど屋内で大事に飼ってましたから、怪我なんかどこにもしていないでしょう？」

「怪我はな。だがお前、俺があれだけ抵抗したのに、無理やり手術を受けさせやがっただろう。どーしてくれるんだよ。この先どーすんだよ」

「あう……」

元飼い主はしまったという表情を一瞬見せたが、やがて開き直って言い返した。

「それはあんたがやたらに発情《さか》って、近所の雌犬たちを片っ端から孕《はら》ませたからでしょうが！大変だったんだから、この助平犬！」

東洋一の防疫官

東洋一の防疫官

バナナ

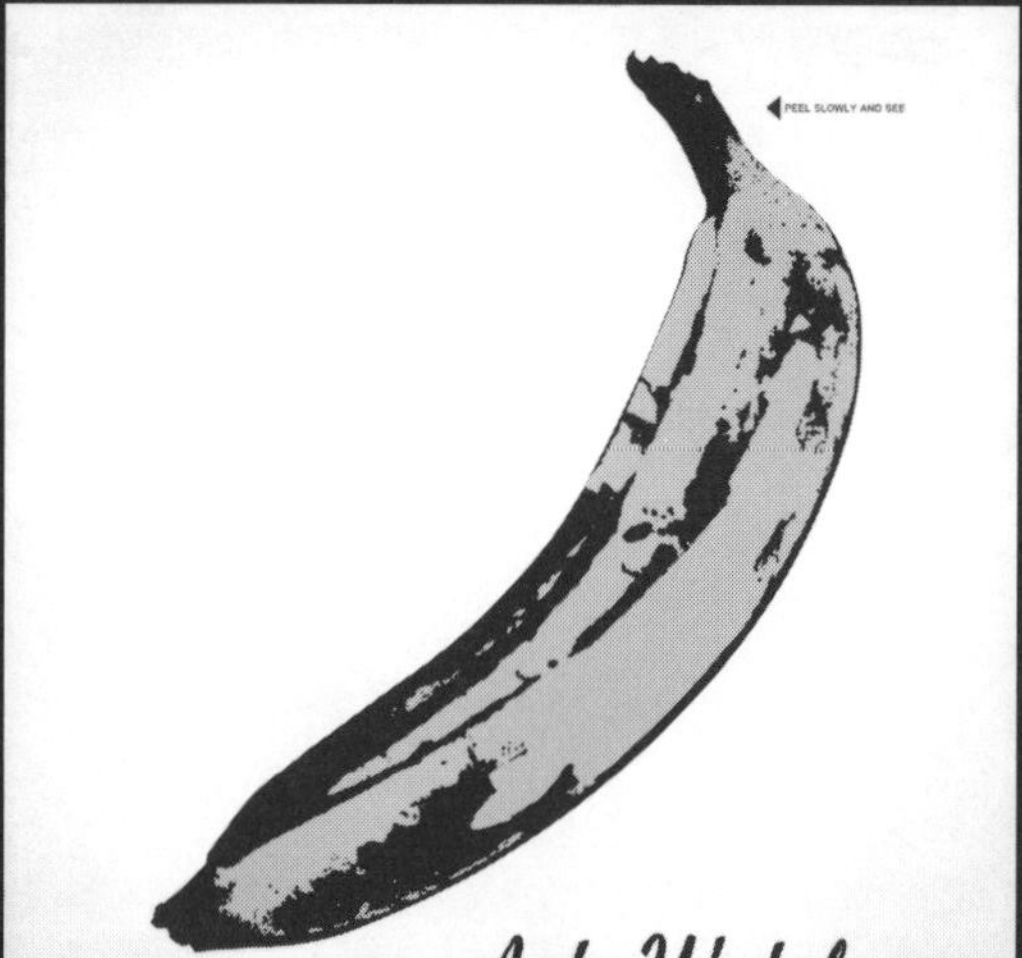

アンディ・ウォーホル
シルクスクリーン／35.3×35.6／1967年

水《みず》際留流《ぎわとめる》は防疫官である。どこにでもいそうな風丰《ふうぼう》をしているが、実は我が国の生態系を乱す侵略的外来種の侵入を、文字通り水際で食い止めるという重大な国家的使命を帯びている。

「この袋の中身は何ですか？」

今日もまた水際氏は税関に立ち、温厚そうな笑みを湛《たた》えながら入国者や帰国者に声をかける。紺色の制服の胸には【防疫官　水際】というネームプレート。だが分厚い眼鏡の奥の目は鋭く光っている。

私は《情熱大河・プロフェッショナルの本音》というドキュメント番組のディレクター。毎回一人のクリエーターや仕事人を徹底的に取材して、その仕事ぶりや生きざま等を伝える人気番組である。ちなみに同番組のディレクターは私を含め全部で四人おり、番組制作は持ち回り制なのだが、毎回視聴率をシビアに比較されることは言うまでもない。長寿番組なのでネタも常時枯渇気味であり、今回はちょっと変わった職業ということで防疫官に目を付けて、昨日から水際氏に密着取材を敢行しているところである。

水際氏を選んだのは、たまたま偶然接触できたのが彼だったからだが、取材をはじめてすぐに私は、彼のような優秀な防疫官をつかまえることができた自分の強運を、誇らしく思うこととなった。なにしろ禁止動植物や禁止薬物などの摘発数において、水際氏は職員の中でも群を抜いており、東洋一の防疫官の称号を肆《ほしいまま》にしているというのである。「ナリタのミズギワには気をつけろ!」が、今や東南アジアを拠点とする国際的密輸集団の合言葉になっているというのである。取材対象に恵まれた時点で、もう番組は八割方成功したようなものだ。

それらはいずれも本人談ではあるものの、図らずも取材をはじめてすぐに、それが証明される場面が訪れた。密着取材を続ける私の目の前で、アロハシャツを着てサングラスをかけた三〇がらみの帰国者が、水際氏に声をかけられただけで明らかな動揺を見せたのだ。

「この袋の中身は何ですか?」

「ど、どれですか?」

「この色のついたビニール袋です」

「ああ、これですか。こ、これは花の種です」

何食わぬ顔を装いながらも、帰国者の目がサングラスの奥で泳いでいるのがカメラ越しにもわかる。

「園芸をやられるんですか?」

水際氏は相手の顔をじっと凝視《みつ》める。氏の最大の武器はこの眼力で、心に疚《やま》しいところのある旅行者や帰国者は、こんな風にただ見られるだけで、しどろもどろになったり、挙動不審になったりするのだという（本人談）。

「わ、わたしではなく、ガーデニングを趣味にしている友人へのお土産です」

「大麻種子というラベルが貼ってありますが」

「で、ですから、女友達である大麻《おおま》種子《たねこ》さんに買って来たんですよ」

「なるほど！」

防疫官は一転して笑顔に変わった。「それで渡す人を間違えないように、ご友人の名前を書いて貼っておいたわけですね！」

「は、はい……」

「せっかくのお土産、渡す相手を間違えてしまったら、貰う方もあげる方もがっかりですものね！　良かったあ。摘発すべきものは何もないんだぁ。さあさあ、早くお通り下さい！」

「いいんですか？」

びっくりした顔のアロハシャツ。

「さあ早く早く」

こんな時水際氏は、帰国者には『ご協力ありがとうございました』、外国人旅行者には『よいご旅行を《ハバ・ナイス・トリップ》』の一言を欠かさない。この礼儀正しさも、東洋一の防疫官と呼ばれる所以である（本人談）。

昼になった。午後からはまた別の場所で仕事があると言って、すぐに車に乗り込んだ。

「水際さん、昼食は？」

「あ、僕はいつも昼は抜くんです」

日本の生態系を守るという重大な使命の前には、空腹など吹っ飛んでしまうのだ。港の駐車場に車を駐めると、そのまま大きな倉庫へと向かった。

倉庫に山のように積まれていたのは、台湾やフィリピンなどから運ばれて来たバナナの箱だった。水際はアトランダムに一箱選ぶと、その中からまだ青い一本を取り出して皮を剝《む》き、小さな俎板《まないた》のようなものに載せると、きえーっと奇声を発しながら、めった切りに切り刻みはじめた。

「な、何をしているんですか？」

私は尋ねた。

「これはですね、侵入警戒病害虫の卵がないかどうかの検査をしているんです。やっとの思いで駆除したウリミバエの卵なんかが入っていたら、大変なことになりますからね。もしチチュウカイミバエなんかが一匹でも入って来た日には、日本の果樹園はあっという間に全滅します」

「ははあ、なるほど。それでもしもそれらの虫の卵とかが見つかったら、どうするんですか？」

「その時はですね、その便で到着しましたバナナを全部集めましてですね、完全密閉した部屋に入れましてですね、へへへ、燻蒸《くんじょう》するんです。燻蒸。えへっ、えへっ、えへっ」

「燻蒸って？　バルサンみたいなものですか？」

「いやいや、そんな甘っちょろいもんじゃありません。青酸ガスを使って、生きとし生けるもの一切を、完膚なきまでに葬り去ります。えへっ、えへっ。えへっへっへっへ」

水際氏は眼鏡の奥の目をぎらぎらと光らせながら、盛んに肩を上下させる。

普段我々は日常生活を送るに当たって、防疫官という存在を意識することはほとんどない。だが日本の生態系はこうして守られていることを、時には憶い出してみるべきだろう。


翌日はオフだというので、防疫官の休日に密着取材することにした。

防疫官を天職と心得ている水際氏は、休日など必要ないと事あるごとに上司に訴えているらしいのだが、労働基準法というのもあるし、休日も職場に来て同僚の邪魔いやもとい仕事をすることは御法度とのお達しを、あべこべに受けてしまったらしい。正に公務員の鑑《かがみ》。頭が下がる思いである。

水際氏は約束の場所に、アンディ・ウォーホールのバナナの絵がプリントされたTシャツを着て現れた。

「いいですね。『ヴェルヴェット・アンダーグラウンド・アンド・ニコ』のアルバムジャケットに使われたやつですね」

私はそのセンスの良さを褒めたが、水際氏は怪訝《けげん》そうに首を傾《かし》げる。

「そうなんですか？　よく知らないんで……」

何でも見た瞬間にこれは自分が着るべきだと思ったから買っただけだという。なるほどそう言われれば、ボトムや靴とのコーディネイトはあまり褒められたものではない。

休日は普通の若者と同じように映画を観たり本屋巡りをしたりして過ごしている。私は行動を共にしながら、機会を見つけて訊いた。

「水際さん、彼女は？」

「いないです。原因はまあ、わかっているんですが」

水際氏は自嘲気味に答える。

「それは？」

「デートには漕ぎつけるんですが、一緒に街とか歩いていて八百屋や果物屋の前に差しかかると、店先に並べられた商品をつい調べたくなっちゃうんですよ。それで皮とか剝いて調べているると、お店の人に怒られて。僕はよく財布を忘れるんで、代金を代わりに払ってもらったりして。そんなことを繰り返しているうちに、愛想を尽かされるというパターンが多いですね」

「勝手に調べちゃ、それまずいですよ！」

さぞ恥ずかしかっただろうと、私は彼女たちに深く同情した。せめて財布は持って来いよと思ったことだろう——。

ところが並んで歩く通りの先に、ピンポイントで一軒の果物屋が現れたから私は緊張した。まさかとは思うが、いちおう釘を刺しておくに如《し》くはない。

「水際さん、お店にある果物の皮とか、勝手に剝かないで下さいよ」

「肝に銘じます」

だが言うや否や、水際氏は突然立ち止まると、そのまま電柱の陰でき、、、をつけ、、、をした。

「む、あの男」

「ど、どうしたんですか？」

「しっ！　静かに！」

叱咤《しった》された私は、カメラを回しながら水際氏を見習って電柱の蔭に隠れた。

その視線の先を辿ると、そこには果物屋の店先で佇む一人の男が、果物を手に取って、眉間に深い皺を寄せている姿があった。

「あの男さっきから、果物を見る目つきがタダ者ではない。恐らく品種改良に日夜没頭し、日本の生態系の破壊を目論んでいるバイオテクノロジー系のマッド・サイエンティスト！」

私はカメラを持つ手に力を罩《こ》めた。それが本当ならば、日本の生態系が守られる大正義の瞬間をカメラに収めることができる。アジトを突き止めて大捕物ともなれば、もう特別番組待ったなし、民放連の賞まで狙えるかも知れない。

我が国の生態系の破壊を目論んでいるマッド・サイエンティスト氏は、東洋一の防疫官の厳しい監視の下にあることなどつゆ知らず、眉間の皺をより一層深く刻みはじめた。

水際氏は男から視線を離さずに、そのまま素早く隣の電柱の蔭へと移動した。

「ちゃんと隠れて！」

私はその後をコソコソ追ったが、再び叱られて首を竦《すく》めた。

水際氏がタキオン並みの速度で次の電柱の蔭に移動した時だった。ようやく決心がついたらしいマッド・サイエンティスト氏は、二万円もするマスクメロン（大）を持ってレジへと向かった。女性の店員に透明なセロハン紙とピンクのリボンで包んでもらうと、それを持って近くにある病院の入口へと消えた。

「メロンが高いから、どうしようか悩んでいただけじゃないですか！」

私は店先にあった台湾バナナの束を手に取ると、それで東洋一の防疫官の頭をぶん殴った。

女殺し屋と秘密諜報員

女殺し屋と秘密諜報員

"one way or another (cocktail)" #02

田幡浩一
紙に鉛筆／29.7 × 40／2019年

都心のホテルのスイートルーム。眼下いちめんに大都会の夜景が広がる窓際のテーブルで、着飾った男と女が向かい合っている。

男はイタリア製とおぼしき細身のスーツに身を包んでいる。一方女性は肩も露《あら》わなローブ・デコルテの赤いドレスを身に纏《まと》い、両耳からは翡翠《ひすい》のイヤリングを揺らしている。

ドアをノックする音に続いて、ホテルのボーイが鞠躬如《きっきゅうじょ》として部屋に入って来た。注文を受けて地下のバーから運んで来たのだろう、色鮮やかなカクテルを二つ、トレイに載せている。ボーイは制服の金釦《ボタン》をきらきら光らせながらテーブルの上にカクテルを置くと、一揖《いちゆう》してすぐに立ち去る。

「ちょっと失礼」

ところがグラスを合わせる前に、男が一旦席を外した。その姿が完全に視界から消えたことを横目で確認すると、女はローブ・デコルテから覗く豊満な胸の谷間から、小指よりももっと小さいガラスの小瓶を出して蓋を開けると、中に入っていた無色透明の液体を、男の側にあるカクテルの中に、素早く注ぎ込んだ。空になった小瓶は、再び谷間の奥に仕舞い込んだ。

男が莞爾《にっこり》と微笑みながら戻って来た。改めて席につくと、目の前のカクテルグラスの細いステムを持ち、宙に浮かせた。

「君の瞳に乾杯」

女は一瞬、えっそれ言うのという顔をしたが、すぐに嫣然《えんぜん》と微笑み返して、やはりステムを持ってグラスを宙に浮かせた。

女は自分のグラスに軽く口を付けると、窓の外の夜景に目を奪われているフリをしながら、目の端で男が中身を飲むのを確認していた。男が1／3近く飲んだことを確認すると、まるで最後のサービスのつもりであるかのように、華やいだ声を上げた。

「素敵な夜景ね。まるで宝石箱みたい」

今度は男の方が、えっそれ言うのという顔をした。

「あの壁の絵、面白いわね」

女がカルティエの腕時計をちらりと見ながら話題を変えた。

「縦の線がずれてるのね」

「ああ、壁を飾るのに、写真とか誰もが知ってる名画の複製などでお茶を濁すのは簡単だけど、コンテンポラリーなアーティストのオリジナル一点ものを持って来るのは、内装担当者の感性が問われるわけだが、さすがは一流ホテルのスイートルーム、いいセンスしているね。あれは田幡浩一の『one way or another』、一つのモチーフを二つの支持体に跨《また》がって描き、それをずらすことによって完成するシリーズのうち、カクテルグラスを描いた連作の二枚目だね。これは僕の解釈だけど、アーティストは地震のあとの断層のようなその〈ずれ〉によって、対象を時間的また空間的な広がりを持った存在として描こうとしているんだろうね」

「現代アートにも詳しいのね」

「いやあ、たまたまだよ」

男は謙遜《けんそん》しながら、カクテルを飲み進めた。

「それにしてもこの夜景にあの一枚、美味しいカクテルを飲むには最高の部屋だね」

女は返事をせずに、もう一度腕時計に目をやった。

「ところでさ、《君の瞳に乾杯》と《海苔の佃煮完売》って、何か似てると思わない？　僕は下町の生まれなんだけど、実家の隣が佃煮屋でさ」

「た、確かに似ているわね。イントネーションというか語調というか」

女は相槌を打ったが、その声は上擦ってかすれていた。あまりにも急激な話題の変化に、ツッコミを入れる余裕もなかった。

「一体どうしたんだい？」

男が唇の端を少し歪《ゆが》めて笑った。

「さっきから何度も腕時計を見ているけれど、ひょっとして何かを待っているのかい。たとえば僕が、胸をかきむしって苦しみ出すこととか」

「な、何のことかしら」

女はとぼけたが、さっきまで勝ち誇っていたその顔は、徐々に怯《おび》えに変わりつつあった。

「もういいよ。僕には全てわかっているんだ。君がハナコというコードネームの女殺し屋であることも、色仕掛けでターゲットに近づいては、毒を盛るのを専門としていることもね」

女は黙っている。

「コードネームハナコを名乗る女殺し屋さん、君のそのハンドバッグの中に入っているのは、ベレッタM92みたいだね。だけど毒殺専門の殺し屋である君は、銃器類の扱いにはそれほど長《た》けていない。一方僕はテーブルの下にサイレンサー付きのワルサーP38を隠し持っていて、その気になればたったの〇・三秒でその銃口を君の額に突きつけることができる。残念だがハナコ、君はもうゲームオーバーだよ」

女殺し屋ハナコは、覚悟を決めたかのように男に顔を向けた。

「そこまでわかっているならば、これ以上白《しら》を切っても仕方がないようね。私を一体どうする気？」

「とりあえず、誰に頼まれたのか言ってもらおうか」

コードネームハナコは、薄ら笑いを泛《うか》べた。

「馬鹿なの？　そんなこと、口が裂けても言うわけがないでしょ」

「どうして？」

男は不思議そうな顔をする。

「職業倫理よ。決まってるでしょう」

「殺し屋に職業倫理を語られてもなあ。さすがにべらべら喋ると思ってはいないけど、本当の理由は違うだろう？　今後仕事をする上で、自らの信用問題に関わって来るからだろう？　だけどよく考えてごらん？　死んでしまったら、もう次の仕事なんてもの自体ないんだよ？　仕事どころか、もう何もないんだ」

女殺し屋は黙っている。

「それとも死んだ後に依頼人に、あの女殺し屋は殺されても俺の名前を漏らさなかったと感謝されたいのかい？　賭けてもいいが、もしそうなったとしても君の依頼人は、決して君に感謝なんかしやしない。あのクソ女《アマ》仕事をしくじりやがってと、口汚く君のことを罵《ののし》って終わりだよ？」

女殺し屋は黙っている。

「もうこれ以上言う必要はないんじゃないかな。さあて賢い君はどっちを選ぶ？　今すぐここで額を撃ち抜かれる？　それとも依頼人の名前を素直に喋って、僕と手を組む？　君を雇った連中は、すぐに次の刺客を差し向けて来るだろうけど、僕たちが協力し合えばきっと撃退できる。さらに二人で、愛を育《はぐく》むことだって可能になるかも知れないね」

「うわっ、キモ！」

コードネームハナコがまるでフクロウのように首を回転させ、真後ろを向いて言った。

「ん？　何か言った？」

「いえ、何も」

ハナコは首を前に戻す。

「もう一度だけ訊くよ。君はどっちを選ぶ？　言っておくけれどこの部屋は完全防音で、大声で叫んでも誰も来やしない。今の僕にとって、この場で君を消すことは、赤子の手をひねるよりも簡単なことなんだよ」

「そ、その前に、一つだけ訊いてもいいかしら」

ハナコは男の顔を凝《じ》っと見つめながら言った。

「質問されるのは好きじゃないが、一つだけなら特別に許してあげよう」

「そのグラスの中身を半分近く確かに飲んだのに、どうしてぴんぴんしているの？」

男は大きな声で笑い出した。

「不思議かい？　はっはっは。簡単なことさ。これだよ、これ」

男はそう言って、自ら持参してグラスに挿《さ》していた、短いストローを持ち上げた。乾杯前に一旦席を外したのは、それを取りに行っていたのだった。

「ストロー？」

「そうさ。僕はカクテルグラスの縁にまぶしてあるこの塩が好きじゃないと言って、ストローを使って中味を飲んだだろう？　実はこのストローの中には、高分子分離膜が張ってあるのさ」

「高分子分離膜……」

コードネームハナコが譫言《うわごと》のように呟いた。

「高分子分離膜には三種類あって、精密濾過《ろか》膜、限外濾過膜、逆浸透膜がある。精密濾過膜は、〇・〇一マイクロメートルまでの微粒子や微生物を分離できるし、限外濾過膜は、水やイオン分子は透過させるが、高分子物質は透過させない。一方逆浸透膜は、濃厚溶液側に浸透圧より大きな圧力を加えることによって、半透膜を通して溶媒を濃厚溶液側から希薄溶液側に移行させるもので、これらを組み合わせれば、海水などを淡水化したり、醬油を垂らしたコップの水から再び醬油だけを分離するなんてことも朝飯前にできる。つまり見た目は完全に溶けているように見えていても、分子レベルでは溶液と溶媒は分離可能なのさ。はっはっは。君が入れた毒物がどんな形態のものだったのか知らないけれど、どうやらこのストローの中に張られた三重の膜のどれかに、すべてブロックされてしまったようだね」

ハナコは顔色を変えた。その変化の大きさは、これまでとは比較にならなかった。

「あなた、もしかして……」

「そうだよ、僕の正体に今ごろ気付いたのかい？」

男は勝ち誇った。

「細菌でいっぱいの汚水を飲料水に変えて、途上国の多くの人の命を救って来たせっかくの日本の高い技術が、胡散《うさん》臭くしか聞こえないその棒読みの製品情報。そう言えばあんたが最初に盗んだのはそれだったわね。あなた昔、大河原電工の営業部に勤めていたけど、営業成績不振でリストラされた山田君でしょう？　実家の隣じゃなくて、実家が佃煮屋の」

今度は男が顔色を変えた。

「そ、そのあちこちにメスを入れて直しまくった顔と躰《からだ》。それでも直し切れていない太い足首と微妙な北関東訛《なま》り。そういう君はひょっとして、帳簿をごまかして逐電した経理の鈴木花子さん？」

大都会の夜景を一眸《いちぼう》のもとに見下ろすスイートルーム。女殺し屋と秘密諜報員は、がっくりと項垂《うなだ》れた。

孤高の文士

ウィスキー

寺澤智恵子
エッチング、アクアチント／ 10 × 12 ／ 2019年

私は《情熱大河・プロフェッショナルの本音》という番組のディレクター。毎回一人のクリエーターや仕事人、芸能人などに密着して、その素顔に迫る人気のドキュメント番組だ。

今回は、作家の銚子丸大二朗《ちょうしまるだいじろう》氏に白羽の矢を立てることにした。前回、日本の生態系を守る防疫官にスポットを当てようとして、企画自体は良かったと思うのだが肝腎の人選に失敗したので、今回は失敗は許されない。銚子丸大二朗と言えば、骨太な文章と華麗な描写を得意とする文壇の大御所であるが、もうかれこれ一〇年近く新作を発表していない。彼ほどの大御所になれば、旧作の増刷分の印税や講演等で充分食べていけるのかも知れないが、その銚子丸氏にスポットを当てれば、新作を待ちわびているファンたちはみんな見るだろうから、高視聴率が期待できると踏んだのだ。

大御所だけあってなかなか気難しいところがあるが、それを我慢して密着取材を敢行したお蔭で、もうすでに作家の日常風景——愛用のステッキを振り回しながら周囲の人間を怒鳴りつけたり、ステッキ片手に散歩したり、道すがらそれを振り上げて吠えるどこかの飼い犬を威嚇したり――は、ばっちりカメラに収めてある。また番組のエンディングでテーマソングと共に流すのにぴったりの、書斎で静かに目を瞑《つむ》り、まるで寝ているのではないかと疑いたくなるほど深く思索に沈潜している姿もすでに収録済みである。残るは番組の核となるロングインタビューなわけだが、今回はそれも私がするのではなく、別途ギャラを払ってフリーの編集者にお願いすることにした。同じ業界の人間の方が話が弾むだろうし、内容も踏み込んだものになるだろうが、特定の出版社の人間は避けた方が良いと判断したのだ。

和服を着た銚子丸大二朗が、バーのカウンターに座って悠然とグラスを傾けている。グラスの中味はバーボンだ。還暦を過ぎ、もう初老と言っても良い年齢の筈だが、その魁偉《かいい》な容貌は年齢を全く感じさせない。隣の席にはブラウンの背広を着たインタビューアが座り、その反対側の無人の椅子には、使い込まれて深い琥珀《こはく》色に光る作家愛用のステッキが立て掛けられている。同じ方向を向いて行うインタビューによって、対面形式では引き出せない素顔や本音を引き出すのがこの番組の売りの一つなので、カメラはカウンターの内側に設置してある。

今日はバーを貸し切りにしてある。通常こういう店での収録は、営業時間外に行うのが一般的なわけだが、作家本人から、やはりいつも飲んでる時間帯でないと気分が出ないという要望があったので、無理を言って今日だけ貸し切りにしてもらったのだ。

飲みながらどうでもいい世間話（もちろん編集でカットする）を一〇分ほど行ったところで、私が本題に入るように眴《めくば》せをすると、インタビューアはいきなり切り込んだ。

「先生はここ一〇年あまり新作を発表なされていらっしゃいませんが、噂ではその間、超大作の構想を練っていらしたとか」

質問リストはあらかじめ渡してあるが、インタビューア自身も、どうしても訊きたい事項だったのだろう。

すると文壇の大御所は少し赭《あか》くなった顔で、口に運びかけていたグラスをカウンターの上に戻しながら、胸を張って答えた。

「その通り。構想一〇年、今や細部に到るまで完璧に固まった。あとは書くだけじゃ！」

いきなりの執筆再開宣言に私は愕き、次の瞬間心の中で快哉《かいさい》を叫んだ。大作を準備中というひそかな噂は流れていたが、作家本人の口からはっきり明言されたのはこれが初めての筈である。これは大成功だ。ひょっとすると大御所の機嫌を損ねるのを懼《おそ》れて、これまでみなこの質問を禁忌《タブー》にしていたのかも知れないが、訊いた者勝ちである。【銚子丸大二朗、新作について大いに語る！】というラテ欄の文字が脳裏に踊る。

「なな何と、そうでしたか！」

三〇代半ばとおぼしき編集者もまた、当然ながら驚嘆の声を上げた。「こ、構想だけで一〇年とは、それはもの凄い作品になりそうですね！」

「そうじゃな」

文壇の大御所は小皿に入っているピスタチオを二つ三つ口に抛《ほう》り込むと、ゆっくりと噛んでから続けた。

「まあ自分で言うのも何じゃが、今度の新作は間違いなく人類史上に燦然と輝く不朽の名作、世界文学の金字塔になるじゃろうな。完成した暁には、但丁《ダンテ》も歌徳《ゲーテ》も塞万提斯《セルバンテス》も、喬伊斯《ジョイス》も普魯斯特《プルースト》も、みーんなわしの露払いに過ぎなかったことが、明らかになることじゃろう」

「さ、さすがは銚子丸先生！」

インタビューアはへりくだる。二人の年齢差を考えると、彼が業界に入った時、すでに銚子丸大二朗は文壇の大御所の地位にあったのだろう。

「いやあそれはもう、一日でも早く読みたいです。それで先生執筆の方は。ひょっとしてもう既に書き出されておられるのですか」

「まだじゃ」

作家はピスタチオを再び口に抛り込んだ。

「ということは、今や伝説となっている執筆儀式の復活ですか⁉　山で座禅を組んで、極限まで精神力を高めてから、おもむろに第一行を書きはじめられるわけですか！」

だが大御所は首を横に振った。

「うんにゃ。山に籠もるのはもう止めにした」

「ははあ。それはまたどうしてですか」

「山は寒いからじゃ」

「なるほど。大作執筆には体調管理も重要ですからね。執筆のために自重しておられるということですね」

「まあそういうことじゃな」

作家は手を伸ばして、グラスの残りを一気に飲み干した。バーテンダーを呼びつけて、同じものをもう一杯注文する。

私はこのほんの少しの中断を利用して、インタビューアの後ろの壁の絵が完全に画面に映り込むように、カメラマンにフレーミングを調整させた。この店のオーナーはなかなかの美術愛好家で、壁には美術作品がいくつも飾られている。二人の背後の壁にもそれぞれ一点ずつ掛けられているのだが、距離の関係もあって、どちらも微妙に見切れてしまっていたのだ。

寺澤智恵子の『ウィスキー』――フクロウとハリネズミが、バーのカウンターで並んでウィスキーを飲んでいるさまを描いた（と言うか刻んで摺《す》った）銅版画で、限定八〇部のうちの一枚だ。フクロウの鋭い眼光とハリネズミの顔の愛くるしさが印象的で、銅板画家は「年に一度の近況報告」という説明を付けているが、私がわざわざ指示を出して作品全体を画面に映り込ませたのは、ちょっとした遊び心で、作者の意図とは無関係にこの作品が、あたかもこの場全体の情景の紋中紋であるかのように感じられたからだ。

紋中紋《ミザンナビーム》とは、芸術作品の一部にその作品そのものの全体または一部の複製を、まるで入れ子構造のように忍び込ませる技法のことで、美術では鏡を使った揚《ヤン》・范《ファン》・艾克《アイク》の『阿諾菲尼《アルノルフィーリ》夫妻像』などが有名だが、ドキュメント番組でこの技法を意識的に使ったテレビマンは、果たして過去にいるのだろうか。あるいは私が最初なのではないかと思うと昂奮《こうふん》する。

「では先生、執筆はいつごろから始められる予定なのでしょう」

酒のお替りをサーヴしたバーテンダーの背中がフレーム外に消えたのを確認して、インタビューアは質問を再開した。

「そうじゃのう。まあ時期を見計らって、ということになるじゃろうな」

「しかし先生、構想がすでに固まっておられるならば、むしろ作家としては一刻も早く書き出したい心境なのでは？」

すると大御所作家は悠揚《ゆうよう》迫らぬ態度で、

「無論そうじゃ。書きたくて書きたくて堪《たま》らぬ。だがまだ執筆のための条件が揃わんのじゃ」

「なるほど、書きたい気持ちをぐっと堪《こら》えて、文芸の神が降りて来るのを待っておられると！」

「まあ、そういうことじゃな」

「それにしても先生、そんな世界文学の不朽の名作が、日本語で書かれると思うだけで、何だかわくわくして来ます。一日も早い完成を祈っています」

だが文壇の大御所は、何故か突然眦《まなじり》を決した。

「は？　日本語じゃと？　このたわけが！　わしが執筆に取り掛からん理由を、貴様はまるで理解しておらんじゃないか！　一体誰が日本語で書くと言ったか！」

「す、すみません」

インタビューアはカウンターの上で、平蜘蛛《ひらぐも》の如く低頭した。

「すると先生、執筆に用いる言語は日本語ではない、ということですか？」

「そういうことじゃ！　最近の日本語は若者言葉を中心にして乱れ切っており、卑俗極まりない。こんな卑俗な言語では、儂《わし》が理想とする高貴な文学は、到底実現できんことを悟ったのじゃ！」

余程腹に据えかねていたのだろう、言い終わってもなお白い口髭をぴくぴくさせている。

「しかし先生、日本語には口語体だけではなく文語体もありますし、先生の格調高い文章ならば、充分に先生の目指す高貴な文学も、実現可能かと思われますが……」

「だめじゃ。現在の卑俗化した日本語では、峩々《がが》と聳《そび》え立つ孤高の文学を極めることは不可能じゃ。無理ゲーじゃ」

インタビューアは目を白黒させた。

「無理ゲー？　これはまた先生、仰っていることとは裏腹に、ずいぶんと卑俗な言葉を御存知ですね」

「ふん、彼を知り己を知れば百戦して殆《あや》うからず、じゃよ。対抗するためには、ある程度は敵に通暁《つうぎょう》せねばならん。そう思って儂なりに卑俗な若者言葉を研究していたんじゃ」

「さすがは研究熱心な銚子丸先生！　すると先生、新作はいきなり英語で書かれるわけですね？」

「このたわけが！」

大御所は隣の椅子に立てかけてあった愛用のステッキを握ると、そのままそれを頭上高く振り上げた。

「す、すみません」

インタビューアは両手を挙げて頭部をガードする。孤高の文士は振り上げた腕をぷるぷる震わせながら、憤懣《ふんまん》やるかたないという顔でステッキを下に下ろす。

「彌爾頓《ミルトン》や沙翁《シェークスピア》の時代ならいざ知らず、現在の英語は日本語以上に卑俗じゃ。あんな実用のみに特化した『やんきー』たちの言葉では、儂の高貴な文学は到底表現できんわ！」

私はカメラマンに言ってフレーミングを再度調整させた。ズームで寄りながら、今度は作家の背後の壁の絵が映り込むようにする。

こちらは生前、「世の画壇と全く無縁になることが小生の研究と精進」と公言して憚《はばか》らなかった孤高の画家高島野十郎の自画像だ。孤高の画家という称号は使い勝手が良いもので、実はそう呼ばれる人は結構な数いたりするわけだが、そのほとんどがある時期を境に画壇と距離を置くようになったという人であって、最初から最後まで本当に中央画壇と何の繋がりも持たなかったのは、この人くらいのものだろう。天涯孤独を貫き、全くの無名のまま老人ホームで死んだ時、ホームの職員は彼が画家であることすら知らなかったという。

あまり酒が進むとは思われない高島野十郎作品（恐らくジークレー版画）を店に飾るのは、完全にオーナーの趣味だろうが、この店に来てその己のみを恃《たの》みとする不遜な眼光を見る度に私は、たった独りでこの境地に達するまで、どれほど厳しく自分を律して来たのだろうと、気が遠くなるような思いがする。画面に映り込ませたのは、文学と美術とジャンルは違えど、これから無人の荒野を征《ゆ》こうとする銚子丸大二朗と、「花一つを、砂一粒を人間と同物に見る事神と見る事」との信念の下、たった独りで写実の追求に生涯を捧げた高島野十郎の姿が、重なり合うことに気付いたからである。

つまり今度は二重写しの技法の応用で、このインタビュー内容に、自分で言うのも何だが知的で濃《こま》やかなカメラワークの両方が見事にマッチした今回は、番組史上でも一、二を争う〈神回〉になりそうな予感がぷんぷんする。フレーミングに関しては、お茶の間の視聴者に果たしてどれだけ真意が伝わるかは未知数だが、わかる人にはわかってもらえることだろうし、ひょっとすると今度こそ民放連の賞が狙えるのではないか？

インタビューアは、頭をおそるおそる戻しながら質問を続ける。

「す、すると先生、仏蘭西《フランス》語で？　それとも独逸《ドイツ》語で？」

「ばっかもん。拉辛《ラシーヌ》の頃の仏蘭西《フランス》語、席勒《シラー》の頃の独逸《ドイツ》語ならいざ知らず、今の仏蘭西《フランス》語や独逸《ドイツ》語は、やっぱり卑俗極まりないわ。儂が目指すのはそんな大衆的な文学ではないと、何度言ったらわかるのじゃ！　儂が目指すのは、極限まで純度を高めた、白く高く聳える山巓《さんてん》のような高貴な文学なのじゃ！　それは屑々《せつせつ》たる日常の使用に供されているような卑近な言語では、到底実現不可能なのじゃ！」

「な、何という孤高！　正に前人未踏の境地！　すると先生、羅甸語《ラテン》で？　それともひょっとして希臘語《ギリシャ》で？」

「馬鹿もん。どっちも卑俗じゃ」

「ひ、卑俗ですか希臘語《ギリシャ》が……。では先生、一体何語でお書きになられるのですか？」

「克里特《クレタ》島の線文字Aじゃ」

「線文字A？」

「そうじゃ。かつて埃文斯《エヴァンス》なるヒマ人が発見して命名した克里特《クレタ》島の線文字Bは、もっとヒマ人である文特里斯《ヴェントリス》の解読によって、古代希臘《ギリシャ》語の方言であることが判明したわけじゃが、線文字Aの方は、いまだ世界で誰一人として解読に成功しておらん。これ以上に堕落した文明やありきたりな日常的使用に汚されていない純粋な言語が、この世に他にあろうか。だから儂は畢《ひっ》生《せい》の大作を、線文字Aで書くことに決めたのじゃ。だから儂は線文字Aが解読されて、言語体系が明らかになるのを、一〇年も前から首を長くしてずっとずっと待っているのじゃ！」

孤高の文士　2

「あのう先生」

「何じゃ」

「先生が孤高の境地におられるのは大いに結構なんですが、孤高すぎて誰も付いて行けません」

「当たり前じゃ。他人がついて来れたら孤高と言えんじゃろうが。何を言われても、儂の信念は揺るがぬぞ」

「それにクレタ島の線文字Aが、一向に解読されません」

「それは儂も困ってるのじゃ。畢生の大作を、書きたいのに書けないからのう」

「そもそもいま、解読に挑戦してる人いるんですか？」

「さあ。そこらへんはさっぱりなもんで、よう知らん」

「あのう……本当に先生は、線文字Aが解読されるのを待っているのですか？」

「は？　それは一体どういう意味じゃ」

「ひょっとして書きたくないから、その言い訳で言ってるだけではないですよね？」

「失敬な！　儂を疑うのか！」

「それじゃあ先生、一本だけでいいですから、日本語で書いて下さいよ！　読者は待ってるんですから！　線文字Aで執筆されても、日本の読者は読めませんから！」

「貴様、青二才の分際で儂に指図するのか！」

「僕が言ってるんじゃなくて、編集長の意向です。ごくごく短い掌編でいいですから！　書いてくれないと、いつものお中元を今後は送らないそうです」

「むううう」

邂逅《めぐりあい》

銚子丸大二朗

先日私は、素晴らしい瞬間を目撃した。

それは天上の詩が、地上で実現したような瞬間だった。

その話を語る前に私は、自らの不安を告白しておきたいと思う。果たして私は私の見たままを、正しく伝えることができるだろうか。追憶や追慕の念によって記憶をいたずらに歪めることなく、まるで中世の写本師のように、見たまま感じたままを忠実に紙の上に写し取ることが果たしてできるだろうか。

とにもかくにもこれから私は、文筆家生命を賭けてそれに挑んでみようと思う。嗚呼私のペンよ、逡巡することなく紙の上を走って往け！

京都の三条通りを、彼女は色鮮やかな振り袖を着て歩いていた。

友禅染のその着物は……。

本来ならば私は、その振り袖の目の覚めるような色彩や、花ざかりの春の原野に鶴が大きく羽根を拡げたその文様の織りなす綾などについて、のびやかな文体と筆致《タッチ》で、ここに描き出すところである。

しかし人類史上に残る大作を準備中の私には、とうていそんな時間的余裕はないので、省略して次に進もうと思う。

彼女はそこで突然足を止めた。

一人の若者の姿が目に入ったからである。

その若者は実に凜々しい顔立ちをしており、同時に実に雄々しい佇まいをしていたのであるが、彼のその姿をここに正確に描写する暇《いとま》は私には当然ない。

従って筆者は、古《いにしえ》より如何なる雄弁にも勝るものとされた《沈黙》を守り、次の場面へと進むことにしよう。

二人の男女は目と目で語り合った。

私は慨嘆する。愛する海倫《ヘレネ》が帕里斯《パリス》に奪われたことを知った時の墨涅拉俄斯《メネラーオス》のように、暗澹《あんたん》たる気持ちになる。ああ何ゆえに筆者には、こうした一瞬のうちに失われてしまう美しき眩惑の時を、あますところなく描き出すだけの時間的余裕が与えられていないのだろうか——。

しかし、嘆きが刻《とき》を与えてくれるものではない以上、筆者は嘆くことに徒爾《あだ》に行数を費やすことなく、筋を進めるのが自らの務めであると心得えることにしよう。そもそも私は、空疎な会話やお約束のような外見描写などには、飽き飽きしているのである。

二人の心の裡《うち》は、千々に乱れた。

この時の二人の心情を事細かにここに描き出したいのだが、それは筆者と読者両方にとって、労多く実り少ない行為であることは、もはや贅言《ぜいげん》を弄するまでもないだろう。

しかし！

私はここで敢えて読者諸氏に訊きたいのだが、この二人の美しい若者の、偶然の出会いに続く純粋に精神的で、知的でしかも感性溢れる精神的交流を紙の上に再現するには、果たしてどれほどの人間離れした孤独な闘いが必要とされることだろう。その闘いのためのエネルギーや天稟《てんぴん》のすべてを、準備中の畢生の大作のために温存しておかねばならない私の苦衷を想像して頂きたい。

というわけで私は、断腸の思いで先へ進むことにしよう。

先に行動に出たのは彼女の方であった。

前方に突き出された彼女の細い頸《くび》は、まるで白い象牙の塔の如くであり、その両の瞳の輝きは、まるで悪癖に淫した古代都市をまるごと焼き尽くした神の劫火《ごうか》さながらであった。嗚呼、その勇気！　嗚呼、何という邂逅！　何というめぐりあい！　天照大神もどうかご照覧あれ！　正に一期一会！

かの維吉爾《ヴェルギリウス》は、木馬が特洛伊《トロイ》の城門内に運び込まれようとするのを阻止しようとした拉奥孔《ラオコーン》が、雅典娜《アテーナー》の差し向けた大蛇に襲われる瞬間を描写しながら、こう書いた——Horresco《ホッレスコー》 referens《レフェレンス》！（私は語りながらも身震いする）。拉奥孔《ラオコーン》については説明するのが面倒くさいので、格雷科《グレコ》の絵などを参照してくれれば良いと思うが、いまの私もまた、この時の維吉爾《ヴェルギリウス》と全く同じ心境だ。いまでもこの時のことを憶い出すだけで、私の全身をまるで瘧《おこり》のような震えが襲い、私の両目からは、感動のあまり涙がとめどもなく溢れて来るのだ。

彼女の白魚のように細い指が呼んだのは、若者ではなく近くの交番の警官であった。

「おまわりさん、こいつや」

それに続く罵倒、否認、逃亡、追跡、などについてくどくどと頁《ページ》を費やすことは、筆者の欲するところではない。またそこに到るまでの彼女の煩悶《はんもん》をここに正確に描き出して、読者を退屈させることも望まない。

そもそもこの二人は誰なのか、どういう関係なのか、私は良く知らない。だから読者諸氏が、二人の今日に至る来歴や二人の今後を、自由に想像されれば良いのである。筆者の狙いは、あくまでもこの一瞬の邂逅について描きだすことにあったのだ。

〈了〉

「書くのが面倒くさいのを、大げさな表現でごまかしているだけじゃないですか！　大した意味もないのに引き合いに出されたラオコーンにあやまれ！　あんたに比べられた高島野十郎も、何か怒っているみたいだからあやまれ！」

若い編集者はそう言うと、ゲラの束を丸めたもので孤高の文士の頭をぶん殴った。

絡子《らくす》をかけたる自画像

高島野十郎
油彩・画布／52.5 × 45.1 ／ 1920年／福岡県立美術館

六人姉妹

その日私は土地鑑のない道を、携帯端末に表示させた地図を頼りに、最寄りの駅へと向かっていた。取材対象の方のお宅に伺うために、隣の県まで行った帰りである。

目の前に公園が現れた。端末に表示された経路は、律儀にも公園をぐるりと迂回していたが、どう考えてもこれを突っ切って行く方が近道に違いない。私は互い違いに置かれた鉄製の車止めの間を通って、公園の中へと足を踏み入れた。

何の変哲もない普通の公園である。鞦韆《ぶらんこ》や頡頏板《シーソー》などの遊具もあるのだが、それらでは誰も遊んでいない。遊んでいるのは色とりどりの飾紐《リボン》をつけた女の子ばかり六人の集団で、全員砂場用の小さな匙鍬《シャベル》を手に持って、その裏側で花壇の脇の普通の地面を、ぺたぺたぺたぺた固めている。

その女の子たちだが、奇妙なことに年齢も背丈も全員まちまちで、一番大きな子は小学六年生くらいと思われるが、一番小さな子はまだ幼稚園にあがるかあがらないかくらいである。ここまでばらばらだと、学校の友達ということは考えにくい。同じ団地の子供とかだろうか。

遊んでいる彼女たちの姿は、私にとある一枚の絵を想起させた。

それは巨匠藤田嗣治が七十一歳の時に、巴里《パリ》郊外默東《ムードン》の丘を舞台に描いた作品で、その画面の中でもやはり色とりどりの服を着て背格好の異なる六人の少女が、穏やかな光の中、土塀の上に思い思いの姿勢で座っているのだった。画面の右側には男の子が、こちらは二人何故か背中合わせに座っているが、男の子たちと女の子たちは奇妙な形の樹木によって劃《かく》されている。そして画面情報には燕《つばめ》がいっぱい止まった電線が走っている。何だか郷愁をそそられる一枚である。

藤田嗣治は晩年仏蘭西《フランス》に帰化し、さらに基督《キリスト》教の洗礼を受けて倫納徳《レオナール》・藤田となるが、その後画業の中心となったのは、蘭斯《ランス》の藤田礼拝堂《シャペル・フジタ》の濕壁画《フレスコ》を中心とする宗教画、そして子供の絵だった。それらの作品群は、画家の代名詞でもある一九二〇年代の巴里派《エコール・ド・パリ》時代の乳白色の肌に比べると、市場的な価値や人気の点では若干劣るものの、私は強く惹きつけられるものを感じる。

そして女の子たちのすぐ脇を通り過ぎた時私は、彼女たちの顔立ちが全員似通っていることに気が付いた。

ひょっとしてと思った私は、思わず声をかけていた。

「みんなは姉妹なの？」

しがない文筆業者《ライター》である私は、普段見ず知らずの子供にこんな風に話しかけたりすることはまずない。だがこの時は取材の後で、妙に外向的になっていた。取材は限られた時間で相手の本音にどれだけ肉薄できるかが勝負の分かれ目だから、初対面の相手でも懐に飛び込むことができるように、無意識のうちに物怖《ものお》じしない性格を、一時的に身に纏うのだと思う。

もちろん女の子たちは、そんな私の事情なんか知ったことではないわけで、通りすがりの見知らぬ大人の言葉なんか、完全無視されても仕方がなかったわけであるが、髪に苔緑色《モスグリーン》の飾紐《リボン》をつけた子が、顔を上げて快活に返事をしてくれた。

「そうだよ！」

それは二番目に大きな娘《こ》だった。私はちょっと嬉しくなって続けた。

「やっぱりそうかぁ。みんなよく似ているもんね。何か作っているの？」

「んーとね、遊んでいたらお人形さんの首が取れちゃったから、お墓を作っているの」

今度は一番年上と思われる娘が答えてくれた。長女らしく落ち着いた雰囲気で、濃紺色の飾紐《リボン》が良く似合っている。

「ああ、なるほど」

「おにいさんはこの近所の人？」

おにいさん呼ばわりされただけで気を良くするのは、逆に年を取った証拠だななどと自嘲気味に思いながら、私は首を横に振った。

「ううん。仕事で来た帰りだよ」

「やっぱりそっかー。見かけない顔だと思った」

それにしても社会問題化して久しいが一向に改善の兆しが見えないこの深刻な少子化の折、六人姉妹とはすばらしいの一言である。彼女たちのご両親は、少子化対策担当大臣から感謝状を貰ってもいいくらいだ。彼女たちを模特児《モデル》にして、契訶夫《チェーホフ》は代表作を二回書き上げられるではないか――。

などと私が下らないことを考えている間も、彼女たちは一心不乱に作業を続けている。やがて匙鍬《シャベル》で固めていた地面がすっかり平らになると、今度は一斉に公園の中に散らばって、何かを捜しはじめた。

何を探しているのだろうと訝《いぶか》っていると、みんな木の枝を手に戻って来た。

例の一番上の子が、それを一旦全部受け取った。それから長さや太さをじっくりと比較検討して、その中から二本を選び出した。〈採用〉された枝を拾って来た焦茶色《ダークブラウン》の飾紐《リボン》の子が、嬉しそうに両手を挙げてばんざいをした。何をしているのかわからないが、その無邪気な笑顔を見ていたら、何だか私まで嬉しくなって来る。

長女が頭の後ろで馬尾辮《ポニーテール》に束ねていた護謨《ゴム》を外すと、漆黒の髪がぱっと広がって、急に大人びた顔に変わった。彼女はその護謨《ゴム》を使って、選んだ二本の枝を直角に交差させるような形で紮《から》げて結んだ。

そうか、お人形さんのお墓のために、即席の十字架を作っていたのか――。

彼女はその十字架を、匙鍬《シャベル》で固めた地面の上に突き刺して高らかに宣言した。

「完成！」

それから女の子たちは目を瞑り、小さな手を思い思いに合わせると、完成した人形のお墓に向かってお祈りをはじめた。私も思わずつられて、胼胝《たこ》のできた手を一緒に合わせた。

心の中で一から十まで数え、もういいだろうと思って薄目を開けたのだが、女の子たちはまだお祈りを続けていた。薄桃色《ピンク》の飾紐《リボン》を付けた一番小さな子が、やはり薄目を開けて私と目が合い、女の子はばつが悪そうに小さく舌を出して、慌ててもう一度目を瞑った。

初めて来た街で、知り合ったばかり女の子たちと一緒に手を合わせている——何とも不思議な成り行きだが、運命の使嗾《しそう》めいたものも感じる。というのもさっき私は、晩年の藤田嗣治の作品に強く惹かれると述べたが、それは正にそこに〈祈り〉を感じるからに他ならないからだ。藤田は都合五回結婚しているが、最後まで実子には恵まれなかった。巴里《パリ》画壇の寵児としての地位を捨てて帰国したものの、戦争画を描いたことで戦後は戦争責任まで背負わされそうになり、仏蘭西《フランス》に戻ったら今度は過去の亡霊扱いされるという苦渋を味わった晩年の藤田にとって、自分も登場する宗教画はもちろんのこと、ただ無邪気に遊ぶ子供たちを描くことは、恩讐《おんしゅう》を超えた一種の祈禱《きとう》だったのではないか。この默東《ムードン》の丘を舞台に子供たちの姿を描いた作品には、構図や子供たちの数などにさまざまな変奏《ヴァリアシオン》があるのだが、それらを見る度に私は、美術に関しては門外漢ながらそう思う。

思ったよりも長いお祈りもやがて終わり、全員が目を開けた。すると彼女たちは急に喊声《かんせい》を上げ、鞦韆《ぶらんこ》や鞦韆板《シーソー》、立体格子鉄架《ジャングルジム》などに散らばって行った。全くもって、子供の遊びというのは目まぐるしい。

「じゃあね、おにいさん」

「ばいばーい」

「ばいちゃ」

中の何人かが振り返って手を振ってくれた。私は気分よく手を振り返すと、そのまま公園の出口へと向かった。

再び車止めをすり抜けて道路に出たところで、ひどく空腹なことに気が付いた。そう言えば取材の前にどこかで適当に済ませるつもりが、電車が途中人身事故の影響でしばらく停まったため、約束の時間に間に合わせるために、お昼を抜いたのだった。

もちろんこの辺のお店など、ただの一軒も知らない。駅はもうすぐだから、電車に乗ってしまって、自宅の近くの行きつけの店に行くという手もあるが、それもつまらない。第一とてもそれまで腹が持ちそうもない。

ちょっと迷った末に私は、目の前にある一軒の定食屋の暖簾《のれん》を潜《くぐ》った。陽は西の山の端《は》にかかっているが、まだ夕食の時間には早いので、客は私一人だった。

壁にお品書きが短冊のような形で沢山貼ってある。私は右から三番目の焼き魚定食を頼んだ。定食が運ばれて来た。私はさっそく食べ始めたが、店の親父は暇を持て余しているようで、厨房へは戻らずに、収銀機《レジ》の前の椅子に座って何か話したそうな顔をしている。

そこで食べながら四方山話《よもやまばなし》をした。五〇代後半くらいと思われる親爺は話好きで、途中から私は適当に相槌を打ちながら、もっぱら聞き役に回った。

定食の味は可もなく不可もなくといったところだったが、今どき八五〇円ならまあこんなものだろう。

食べ終わり、そろそろ出ようと思った頃に、さっきの女の子たちが店の前を通り過ぎる姿が、半分磨《す》り硝子《ガラス》になっている店のドア越しに眺められた。薄桃色《ピンク》の飾紐《リボン》や真紅の飾紐《リボン》、苔緑色《モスグリーン》の飾紐《リボン》に濃紺の飾紐《リボン》、黄色の飾紐《リボン》などが、まるで水族館の水槽越しに眺める遠い南海の美しい魚の群れのように、硝子戸の向こうを流れて行った。

「ああ、奥の植松さんところの娘さんたちだ」

主人が言った。近所でも有名な姉妹なのだろう。

「さっき公園で、あの子たちと少し話しましたよ。やっぱり全員本当の姉妹なんですね？」

「そうそう。今どきあんなに子沢山の家は珍しいよね。しかも全員女の子ってのがすごい」

「大家族ものとかの番組に、出られるんじゃないですか？」

私はおざなりな相槌を打った。

「そうだねー。あれって他薦でもいいのかね？　募集とかしてる？」

「いや、そこまではちょっとわかりません」

「そう言えば彼女たちはね、名前も面白いんですよ」

「へえー、そうなんですか」

「まず一番上がイチエちゃん。数字の一に木の枝ね」

一枝《いちえ》ちゃん。濃紺色の飾紐《リボン》の子か。馬尾辮《ポニーテール》に束ねていた護謨《ゴム》を外して、長い髪が顔にかかった時の、大人びた顔が憶い出される。

「ほんで二番目がフミカちゃんで、えぇっとどんな漢字だったかな」

「はあ」

「憶い出した。芙蓉《ふよう》の花の芙に美しい、そして香りという字だ」

最初に返事をしてくれた苔緑《モスグリーン》色の飾紐《リボン》の子が芙美香《ふみか》ちゃんか。

「で、三番目がミツコちゃん。数字の三に、三重県の県庁所在地のツ、そして子供の子」

確か十字架に〈採用〉された枝を二本とも拾って来たのが、焦茶《ダークブラウン》色の飾紐《リボン》をつけた三番目に大きな子だった気がする。そうか、あの子が三津子《みつこ》ちゃんか――。

ここまで聞けば、もうその先は予想できる。数字がずばり入っている場合とそうではない場合があるようだが、名前の音《おん》で何番目の子かわかるという仕組みになっているのだろう。女の子ばかり六人もいれば、時に親御さんでも、何番目の子なのかごっちゃになることがあったりするかも知れないが、これならば間違えようがない。間違えた大人の方は、ついうっかりくらいの軽い気持ちですぐに忘れてしまうかも知れないが、子供にとって名前を呼び間違えられることは、自分が愛されていないのではないかという疑いの萌芽《ほうが》を抱くのには、充分な出来事である。無論間違えないに越したことはない。

「で、四番目がヨシエちゃん、与えるという字に歴史のシ、そして江戸のエね。でもって五番目がイツコちゃん。伊藤さんのイに、都会の都をツと読ませて、コは子供の子ね」

やはり思った通りで、音で何番目かわかる。私は頭の中で漢字に変換した。四番目が与史江《よしえ》ちゃんで、五番目が伊都子《いつこ》ちゃん。ただ残念ながらその二人は、いまいち印象に残っていない。片方が真紅の、もう片方が黄色の飾紐《リボン》だったことは憶えているが、果たしてどっちがどっちだったか——。

「そして六番目が……あれ、六番目は何だったかな」

店の主人は、人差し指を顳顬《こめかみ》に当てて考え込んだ。一番下の子のことはよく憶えている。お祈りの途中で私と目と目が合って、小さく舌を出したあの薄桃色《ピンク》の飾紐《リボン》の子だ。

「それじゃあ、お勘定お願いします」

だが私は店の主人の言葉の続きを待たず、伝票を摑んで立ち上がった。上着の内衣嚢《ポケット》から財布を出す。気の良い親爺だが、どうやら話しはじめると止まらない典型《タイプ》のようで、ちょっと鬱陶しくなりはじめていた。別に私は彼女たちの名前が知りたいわけではない。彼女たちの人生に幸あれと願うのは吝《やぶさか》ではないが、この街にまた来る機会があるかどうかは疑わしいし、一番下の子の名前が永遠にわからないままであっても、今後の私の人生に特に支障はない。

ところが親爺はいまいち空気が読めないらしく、立ってお勘定を待っている客そっちのけで、椅子から立ち上がりもせずに、自分の顳顬をとんとんと叩いて考え込んでいる。この定食屋、立地《ロケーション》は抜群なのに客が少ない原因は、ひょっとしてこういうところではないのだろうか。もちろん親爺のお喋りを楽しみに来る常連客も、中にはいるかも知れないが——。

「あ、憶い出した！」

顳顬を叩いていた人差し指をぱっと離す。

「いやあのお勘定」

「ムツミちゃんだ。仲睦まじいとか言う時のムツに、美しい」

「あ、そうですか」

私はそっけない返事をすると、伝票と千円札を、店の主人の前に置いた。正直もうどうでもいい。

だが立ち上がった店の主人は、お釣りを出しながらも喋り続けた。

「そして七番目がナナエちゃん。奈良のナにくり返し記号、そして恵むという字ね。そしてこの奈々恵《ななえ》ちゃんが、言っちゃ何だけど姉妹の中でもずば抜けて可愛いのよ。まるでお人形さんみたい。親御さんも一番可愛がっていてね……」

六人姉妹

つばめと子供

藤田嗣治

油彩・カンヴァス／24.1×41.1／1957年／ポーラ美術館

父の再婚

1

麻《あ》沙美《さみ》は平日は都内に借りているワンルーム・マンションで暮らし、週末だけ片道二時間かかる関東近郊の実家に帰るようにしている。短大の時は、履修を週三日にまとめて、実家からえっちらおっちら通っていたのだが、社会人になって毎日となると、通勤だけで人生が磨り減ってしまう感が半端ない。そこで都心の会社の事務職に採用されたのを機に、堅物《かたぶつ》の父親を説得して都会での独り暮らしを認めさせたわけだが、その際に父親の徹郎が出して来た条件の一つが、週末だけは実家に戻って過ごすことだった。

独身者向けのワンルーム・マンションは笑っちゃうくらい狭い上、その家賃に毎月お給料の何割かが自動的に消えるのは痛い。また都内と言ってもぎりぎり二十三区内だから、やはり通勤にある程度の時間は取られるわけだが、毎日往復四時間に比べたら屁のようなものだ。

ところが先週末実家に帰った時のことだ。当初の取り決めは麻沙美の思惑通り少しずつ有名無実化し、その前の週末は短大時代の友達と小旅行に行ったので二週間ぶりの実家だったのだが、いつものように母親の遺影に手を合わせて振り返ると、徹郎が見慣れないこざっぱりした格好をしていることに気が付いた。

さらに壁掛けのカレンダーの各日付の下には、謎の数字が並んでいた。40／50とか、50／60とか、二桁の数字が二つ並んでいるのだが、最近になるに従ってその数は増えていて、昨日の日付のところには70／80とある。

「この数字は何？」

麻沙美は思わず訊いた。

「ああ、それは……」

徹郎は一瞬言い澱《よど》んでから続けた。

「父さん、最近ちょっと身体を鍛えていてな。その日にやった腕立て伏せと腹筋の数だ」

「ええ？　お父さん腕立て伏せ七〇回もできるの？」

「いっぺんにじゃない。何回かに分けてな。それはその日やった総数だ」

「へえー」

そう言えば、以前より少しおなかが引っ込み、身体全体が引き締まったような気がする。物心ついてから運動をしている父親の姿なんて一度も見たことがなかったのに——。

さては女ね——麻沙美はぴんと来た。

夕食の献立は寄せ鍋だった。徹郎が昆布でダシを取り、刻んだ野菜とつみれを入れる。仕事をしていた頃は、家では縦のものを横にすることすらしないという人だったが、母親が鬼籍に入って今年で一〇年目、今ではそれなりに何でも一通りこなすようになった。

「独り暮らしには慣れたんだが、お前のいない平日に、鍋が無性に食べたくなることがあって、それだけは困る」

灰汁《あく》を丁寧に取りながらそんなことを言う。

「今はコンビニで、一人用の鍋とか売ってるじゃん」

麻沙美はそう言ってはぐらかした。やっぱり一人は淋しいから、都心のマンションを引き払ってここから通うようにできないかという話に発展するのを警戒している。普段から必要最低限のことしか言わない徹郎は、堅物だけあって、一度言ったことを簡単に反故《ほご》にする人ではないけれど——。

「いや、一度試してみたが、あれはやっぱり味気ない。あれを一人で食べるくらいなら、牛丼屋で済ませる方が、精神的にも財布的にもずっと良い」

そうか。コンビニの一人鍋はもう試したのか——たった一人のリビングで、背中を丸めて薄いアルミ製の鍋をつついている初老の男の姿が思い浮かび、情が湧きそうになったが、いやいや絆《ほだ》されてはいけないと心の中で首を振った。社会人は合コンも飲み会も夜の七時スタートが基本だから、片道二時間では一次会が精々だ。それでチャンスを逃して婚《い》き遅れたら、誰が責任を取ってくれるというのか。

そこで麻沙美は、思い切って問い詰めることにした。

「だったらその人と一緒に鍋ができるように、頑張ればいいじゃん」

「その人って？」

徹郎は怪訝そうな顔をして見せたが、一人娘の目はその奥に、内面の動揺を読み取った。

「いるんでしょ、好きな人が」

すると徹郎は、ほんの少しだけ躊躇《ちゅうちょ》してから、あっさりと白状した。

「うん、実は……そうなんだ」

元より嘘は大嫌い、ポーカーフェイスなんか全くできない人だ。

ところが麻沙美が本当に面食らったのはそれからだった。あの堅物の父親が、自分に向かって深々と頭を下げたのだ。物心ついてから、これまで一度たりともないことだった。

「これが俺の人生最後の恋だから、どうか許して欲しい」

麻沙美は慌てた。ちょ、ちょっとそんな、改まるのやめて――。

「相手の人とは、一体どこで知り合ったの？」

「いや、知り合ったのはだいぶ前なんだが、この前ばったりと再会して、それでまあ……その……」

ははあ、なるほど。そのパターンか。

「それで歳は？　歳は近いの？」

「いや、ちょっと離れている……かな」

なるほど——麻沙美は考えた——確か徹郎はいま六十五歳である。それくらいの年齢になって相手との差が一桁だったら、六歳差とか七歳差とか具体的に言う気がする。それを〈ちょっと離れている〉と、意図的に大雑把な言い方をしたということは——。

「一回り違うってことね？」

つまり相手は五〇代、それも前半ということなのだろう。

だが父親は言葉を濁した。

「いや……もう少し……かな」

「えー？　それじゃあまさか、二回り？」

ということは、四〇代の熟女か⁉　謹厳実直そうな顔をして、なかなかやるな、おぬし。

「それが……、実はもう少し……。三回りくらい」

はあああ？

麻沙美は絶句した。それじゃあ相手は三〇代の女盛りってこと？　何それ。それはもう、なかなかやるなどころではない。もう開いた口が塞《ふさ》がらない。

しかもつい最近再会したということは、初めて会った時は相手はもっと若かったということになる。そう言えば徹郎は以前会社でイベントの担当をやらされていた時期があり、打ち上げか何かの後、アルバイトの女子高生たちと一緒に撮ったプリクラを持って帰って来たことがあった。堅物さが、逆にいじられキャラとして女子高生たちに面白がられていたらしい。ギャルメイクの女子高生たちが、デカ目補正に決めポーズで映っている片隅で、一人だけ眼鏡が光って目が見えないオヤジが無表情で突っ立っている姿は、ほとんど心霊写真で噴き出す以外になかったけど、ひょっとしてあの中の一人だったりするのだろうか？　このオヤジ、しれっと三回り違いとか言いやがって。ほとんど犯罪だろ、このロリコンエロオヤジ！

とまあ一人娘の立場からは、いくらでも口汚く罵《ののし》ってやりたい気分ではあるのだけれど、結局は目の前で少し俯《うつむ》きながら〆《しめ》の雑炊をふうふう言いながら啜《すす》っている徹郎の人生であることに変わりはない。娘としてとりあえず意見は言いたいが、徹郎がやっぱり若い人がいいというのならば、それはそれで仕方がないことかも知れない。まだ一〇代や二〇代じゃなくて良かったと思うべきか――。

そこでわざと軽めの口調で言ってみた。

「まあ良いんじゃない？　人生最後の恋を、精一杯楽しむのは悪くないと思う」

すると徹郎は眦《まなじり》を上げ、ちょっと気分を害したような口調で言った。

「そんな浮わついた気持ちじゃない。父さんが中途半端は嫌いなことを知っているだろう？　好きになった以上は、結婚して添い遂げたいと真剣に考えている。だから父さんは、お前に頭を下げたんだ。ただの恋愛だったら、娘に頭を下げたりはしない」

えー！　麻沙美は再び絶句した。テ、テンパッてる――。

「相手の女の人は、初婚？　それともバツ一？」

「どっちでもない」

徹郎は首を横に振る。

「どういうこと？」

「だから父さんと同じだ。父さんみたいなのをバツ一とは言わないだろう？」

「あ、そういうことか……」

どちらでもないと言われて、一瞬バツ二またはバツ三かと思ってしまったのだが、つまりは死別ということか――。

「それで相手の女の人には、もうそのこと伝えたの？」

「そのことって？」

「だから、お父さんが結婚したいと思っているってことだよ！」

「もちろん伝えた。父さんは、そういう気持ちを胸に仕舞っておくことができない性分だからな」

胸を張って答える。まあそれは知ってるけど、それって恋愛においては、自慢するようなことじゃないから――。

「結婚の話をしたのは、再会してから何回目に会った時？」

「うーん、三回目、かな」

うわあ！　麻沙美はその場に蒲団が敷いてあったら、頭から思い切りダイブしたい気持ちになった。

我が父親ながら、あまりにも駆け引きが下手すぎる！　三回目でプロポーズするなんて、相手に足元見られちゃうに決まってるじゃん！　轟沈《ごうちん》じゃ轟沈！　あまりにも早すぎる轟沈！　戦局打開の期待を一身に担って就役したものの、戦闘に参加することすらできずに海の藻屑《もくず》と消えた空母信濃かお前は！

あれ？

だがほぼ同時に麻沙美は気が付いた。相手に気持ちを伝えて、それでもなおこのテンションを維持しているってことは。まさか、ひょっとして奇跡的にOKもらったとか？

「それで、相手の女性の返事は？」

「とりあえず保留と言われた」

ああやっぱり。それはそうよね……。

要するに轟沈がほんのちょっと先に延びたというだけのことだ。麻沙美はがくっと頽《くずお》れそうになったが、何とか踏ん張った。

「だけどきっとOKしてもらえると思う」

一体何の根拠があるのかわからないが、徹郎が滅多に見せない力強い表情で断言した。

2

あーあ。夕食が終わり、自分の部屋に引き籠《こも》ってから麻沙美は大きな溜息をついた。

もちろん母親が死んでから、男手一つで自分を育てて短大まで出してくれた父親には感謝しているし、自分が就職して実質的に家を出た今、父親が誰と恋愛関係になろうと、自分が口を挟むのは筋違いだということはわかっている。徹郎には残りの人生で自分の倖せを追求する権利があると思うし、もちろん倖せになってもらいたい。

だから娘としては、父親の言う〈人生最後の恋〉の成就を祈ってあげるべきだということは頭ではわかっている。

それに自分にとっても悪いことばかりではない。これまで父親が再婚するなんて考えたこともなかったけど、もしそういうことになれば、徹郎の自分に対する干渉はほとんど消滅し、麻沙美の一人暮らしを脅かすものはなくなることだろう。週末を実家に戻って過ごすという今の取り決めも、無効化する公算が強い。

だから結局、引っかかるのはその年齢差なのだ。

赤の他人の六〇代の男性が、三〇代の女性と再婚しようと、別に何とも思わない（周囲にそんな人いないけど多分）。だがそれが自分の父親となると、どうしてこんなに不潔感を覚えるのだろう。

それに若い女性と再婚したら最後、自分を育ててくれたあの厳しくも優しい徹郎とは、まるっきり別人になってしまうような気もする。衝突もしたけれど、母親が死んでから父一人娘一人で何とかやって来た。その一〇年間が否定されるような、淋しい気分になってしまう。

それでも麻沙美は、一生懸命ポジティブに考えようと努力した。

母親が五〇歳になる直前で他界してしまったから、これまで自分はそれより上の年代の女性と接する機会が少なかった。そのためか今の会社でも、それくらいの年齢のお局《つぼね》社員が麻沙美は一番苦手——まあこれは得意な人はあまりいないと思うけど——なのだ。相手の年回りが徹郎と近かったら、余計に〈父親を盗《と》られた〉という気になるような気もするし、家族で私が一人邪魔者という雰囲気になって、逆に実家に帰ってのんびりしたい時も、気軽に帰れなくなるかも知れない。

それを考えると、さっきはあまりの年齢差にショックを受けてしまったけれど、三〇代くらいの女性の方が、年上の友達やお姉さんみたいな感覚で接することができて、むしろ楽かも知れない。一緒にショッピングに行ったり、得意料理を教えてもらったり……。まあその人を母親と呼ぶことに関しては、若干抵抗があるかも知れないけれど——。

などと無理やり明るい未来を想像してはみたものの、それもこれも相手の女性が、徹郎のことを本当に愛してくれていて、プロポーズを受けてくれるという前提の上での話である。徹郎は思い切り本気のようだが、向こうの女性はちょっとした火遊びのつもりで、ただ弄《もてあそ》ばれているだけではないのか。母親との死別後、浮いた話一つなかった徹郎だけに、〈人生最後の恋〉と言い切るこの恋に破れたら、もう立ち直れないのではないか。手玉に取られた末、弊履《へいり》のように捨てられて、老後を落魄《らくはく》して過ごす徹郎の姿なんか見たくない。

世間ではよく愛があれば年の差なんてと言うけれど、とっくに還暦を迎えている初老の男を、三〇代の女盛りの人が真剣に好きになることなんて、正直あり得ないと思うのだ。男に相当の財力と社会的地位があるならばまだしも——。

ここで麻沙美は再びあれ？　と首を傾げた。

徹郎は若い頃は結構男前で、授業参観でも「麻沙美ちゃんのパパカッコいいねー」と友達に羨ましがられたりして鼻が高かったものだけど、五〇の声を聞いたあたりから頭髪が一気に薄くなり、同時に老眼になり、そうなるとオシャレに気を遣うのも面倒くさくなるのか、今ではもうかつての男前の影も形もない。体型も同様で、今さら少しばかり腕立て伏せや腹筋をやったところで、焼け石に水であることは否めない。ロクに夜遊びもせず、とりあえずまじめに働いて来たから貯金は多少ある筈だけど、それは老後の蓄え程度のものであり、再就職した会社で重要な仕事を任されているわけではないから、大して利用価値もない。

ということは逆に徹郎なんかを籠絡して手玉に取ろうとも、相手の若い女性には大してメリットがないのであり、そもそも付き合う段階にも到らないと思うのだ。そんな徹郎の一体どこが気に入ったのか、その女性《ひと》に訊いて見たい気分満々である。

内

2021年8月

衛生
リズム&バキューム

福原充則

見渡す限り、悪党だらけ！ 搾取と暴走と汗と糞尿が炸裂する欲望の物語。福原充則が書き下ろす異色ミュージカルの戯曲版が刊行決定！

▼一六五〇円

大豆田とわ子と三人の元夫 2

坂元裕二

カンテレ・フジテレビ系の火曜よる九時連続ドラマの公式シナリオブック。

▼一六七二円

の道楽

曾野綾子

老いの時間を道楽と捉え、いかに自分らしく生きるか。不安の時代を生きる人々に、老いの豊かさと醍醐味を伝える感動のメッセージ！

▼一一二二円

随筆精華II
の招待

皆川博子　日下三蔵編

単行本や文庫の解説・書評・推薦文など七〇篇を集成。小説の女王が読み解いた本を一望できる、随筆集にして至高のブックガイド。

▼三〇八〇円

人間の心身は無限の深みと広がりを持つ——危機の時代に人と社会はどうあるべきか、武道を通じて考える。 武道論

だが当然のことながら結論は出ないまま月曜の朝になり、学生時代によく乗っていた六時三〇分台の列車で、麻沙美は都内へ舞い戻った。

3

次の週末は、金土と二日続けて合コンがあったので、実家には帰らなかった。

合コンは二日とも、お洒落もメイクもかなり気合を入れて臨んだのだが、これという男はいなかった。自慢話を蜿蜒《えんえん》と聞かされてうんざりしただけだった。さすがに疲れたので、日曜日は丸一日寝ていた。

そしてまた新しい一週間がはじまり、火曜日の夜、珍しく徹郎から電話がかかって来た。

「お前、今度の週末は帰ってくるのか」

「今週は帰るつもりだけど……」

麻沙美は答えた。本当は今週末も合コンの誘いがあるのだが、ちょっと食傷気味である。それに徹郎のことも気になる。

「それじゃあ土曜日、会ってもらえるか」

「誰と？」

思わずそんな返事をしてしまった。

「だから、この前言った女性《ひと》とだよ」

「え？」

「ＯＫをもらったんだ」

「うそ！」

麻沙美は絶句した。

その日麻沙美は、仕事が全く手につかなかった。

その女性は、一体何者だ？

うまく行くことを願っていた筈なのに、ＯＫをもらったと聞くと、一気にヤバい匂いがして来る。まさかいわゆる〈後妻業〉を営む女ではあるまいな？　配偶者を亡くした一人暮らしの老人に取り入って後妻に入り、遅かれ早かれ何らかの手段を用いて夫を亡き者にして、遺産をがっぽり頂く手合いだ。この前捕まった京都の女は、捕まるまで七人の初老の男と結婚死別を繰り返していて、総額一〇億円以上の遺産を手にしていたとニュースでやっていた。

徹郎はお世辞にも資産家とは言えないが、マジメ一筋で働いて来たから小金は持っている。爪に火を点《とも》すようにして建てたあの家もある。いつも大金持ちばかり狙ったら怪しまれると考え、今回は小金持ちに狙いを変えたのかも知れない。

結局麻沙美はその夜、一睡もできなかった。もうそうとしか考えられない。なにしろそうだと仮定すると、一気にいろいろなことが腑に落ちるのだ。そもそもまだ三〇代なのに配偶者と死別しているなんて、考えれば考えるほど怪しさマックスではないか。その死別とやらも、果たして一度だけなのだろうか。死んだ夫の死因に、不審な点はなかったのだろうか。

翌朝、寝不足の目を擦《こす》りながら出勤の準備をした。駅のホームで電車を待ちながら、居ても立ってもいられなくなり、思わず徹郎に電話をかけていた。

「麻沙美か。どうしたんだ、こんな朝早く」

暢気《のんき》な声の徹郎が出た。

「ねえお父さん、とりあえず公正証書とか書かされそうになったら、断固拒否してね」

すぐに殺すようなヘタなことはしないだろうから、まずは不動産その他の名義書き換えに注意だ。

「何を言ってるんだお前」

「とにかく！　週末あたしが帰るまでは、絶対に何もしないでね。何であれ、サインとか署名とか」

「だからお前は一体何を」

その時電車が線路に辷《すべ》り込んで来た。これに乗らないと遅刻してしまうので、電話はそれきりになった。徹郎は携帯を持たずメールもしない。

そして緊張したまま土曜日がやって来て、麻沙美は朝早く起き出すと、いつもの通勤とは逆方向の電車に乗って実家へと向かった。

最寄りのＪＲの駅から実家までは、徒歩で七、八分の距離だ。だがこの日はその道のりが倍近くに感じられた。

玄関をおそるおそる開ける。いつもと変わりのない室内の様子を見て、ひとまず安心する。相手の女が、既に我が物顔に振る舞っている可能性も思い描いていたのだ。

麻沙美は家の中を細かくチェックした。独り暮らしの徹郎のこと、自分がいない間に相手の女性は、もう何度もこの家に来たことがあると考えるべきだろう。

だが明確な痕跡は発見できない。女性が出入りするようになると、その痕跡はまず洗面所に現われるものだが、見慣れない小瓶などはない。歯ブラシも父親のものと自分のものしかない。

一方カレンダーの数字は順調に増えていて、昨日なんか120／150である。そして実際徹郎の身体は引き締まって、前より五歳は若く見える。もっとも以前は七〇代に見えていたから、ようやく実年齢相応に見えるようになったというだけのことだが――。

唯一特筆すべき点があるとすれば、麻沙美が小さかった頃に学校の行事の案内のプリントなんかを貼っていたが、最近は全く使わなくなっていた居間のコルクボードに、水彩画と思われるポストカードが何枚か留められていることだった。ピンが抜けないようにそっとめくってみたが、裏は真っ白だ。

「これ、どうしたの?」

「展覧会をやっていたんで見に行って、売店で買った」

徹郎はあいかわらず必要最小限の答えしかしない。美術展に行く趣味なんてなかったから、デートで一緒に行ったんだろうなあと思いながら、水彩画特有の透明感のある絵柄を見ていた麻沙美の目は、一番右端に留められた一枚に釘付けになった。ひょっとして徹郎はこの一枚が気に入ってどうしても欲しくなり、だけどこれ一枚だけ買うのはそのものズバリで気恥ずかしいから、カモフラージュで何枚も買ったのではないかと勘繰ったほどだった。

陽だまりの中で、並んで座る熟年夫婦を描いた絵だ。そんなにくっついているわけではない。むしろ離れて座っているのだが、二人の気持ちが通い合っているのが画面から伝わって来るのは、作品の力なのだろう。

なるほど、こういうのが理想なわけね――。

だけどこれこそ若い頃から何十年も連れ添って、酸いも甘いも一緒に乗り越えて来た夫婦だからこそ達することのできる境地であって、自分より三回りも若い女に入れあげているスケベオヤジは、決して得られないものだと思うんですけど。こういうのが理想ならば、もっと自分にふさわしい年回りの人を選ばなきゃダメなんじゃないの？　理想と現実に矛盾ありすぎだろ！

肝腎のその徹郎だが、何故かのんびりしている。どうなってんの？　と思っていると、お昼のそうめんを食べてから、ようやくよそ行きの恰好に着替えはじめた。

「あれ、出かけるの？」

「迎えに行って来る。お前は先に行って待っていてくれ」

「先に行くって、どこに？」

てっきり相手が家に来るものだと思っていた麻沙美は訊き返した。

「あ、悪い。言い忘れていたな。母さんのお墓の前だ。母さんにも報告して許しを乞《こ》わないとな」

麻沙美はまたもや絶句した。はあああ？　何その芝居がかったクサイ演出は。確かにドラマなんかでは、よく見るシーンだけど。娘がこんなに心配しているのに、いい気なもんだな！

先に着いた麻沙美が、ドキドキしながら借りた柄杓《ひしゃく》で母親のお墓に水をかけていると、背後の方から石畳の上をカートのようなものが転がる音が聞こえて来た。麻沙美は振り向いた。

は？　何この人？

「ごめんなさいね……」

老婆は車椅子の上で精一杯背筋を伸ばし、麻沙美に、そして母親の墓石に深々とお辞儀をした。

「紹介するよ。畠山トメ先生だ。トメ先生は、俺の小学校の時の担任の先生で、恥ずかしながら俺の初恋の人だ。この前は人生最後の恋と言ったし、それは嘘ではないけれど、実は最初の恋でもあるんだ」

麻沙美は目の前で申し訳なさそうに微笑んでいる小さな老婆をぼんやりと見つめた。老婆は片手を肩越しに後ろに回し、車椅子を押す父親の手を握っている。

その瞬間、麻沙美は自分が完全に思い違いをしていたことに気付いた。三回りってそっちかよ！

「小学生の頃の俺の夢は、トメ先生と結婚することだったんだ。どうか許してくれ」

徹郎はそう言って麻沙美に、そして物言わぬ墓石に頭を下げた。

「ごめんなさいね。ちょっとだけお借りします。そっちに行ったら土下座でも何でもしますから、どうか許して下さい」

老婆はそう言うと、車椅子の上で墓石に向かってもう一度深々と頭を下げた。

まあでもこれならば、腕立て伏せや腹筋で体力をつける必要があるのも納得だ。

「何度もお断りしたんだけど、強引な人には弱いのよ」

老婆が麻沙美に向かって笑いかけ、それを聞いて徹郎が照れ臭そうに笑った。

「トメ先生がストーブの上でコトコト作る里芋の煮っ転がしは絶品だぞ」

それは、見ているこっちまで嬉しくなってしまうような笑顔だった。

「認めてもらえるか？」

だめだこりゃ。そんなの認めるも認めないもねえ。もう勝手にしろ！

その代わり、絶対にその人より先に逝くんじゃねえぞこのタコオヤジ！

遙かなる想い

福井良佑
水彩／23.5 × 16 ／ 2014年

ぼくのおじいさん

《ぼくの（わたしの）おとうさん》というのが今日のさくぶんのだいですが、ぼくはおとうさんとはあまり話をしません。というのも、おとうさんはしょっちゅう出張でいえにいないし、ふつうの日でも帰りはとてもおそくて、ぼくはめったに顔をあわせないのです。そのかわりぼくは、おじいさんのことを書こうと思います。毎日いえにいるおじいさんの方が、ぼくにとっては身近なそんざいだからです。

おじいさんのねんれいは、ぼくはせいかくには知りません。歩くのはとてもおそいです。仕事はしていません。いえの仕事もほとんどしませんが、ときどきは庭の草むしりをします。土いじりは好きみたいです。「こんなの庭じゃねえ。けんぺーりつだけんぺーりつ」と言いながら、いつもうれしそうに草をぬいています（けんぺーりつとは何なのか、一度きいたのですがわすれてしまいました）。

おじいさんはいつもたびをはいています。冬はいいとして、夏のものすごく暑い日でも、たびをぬぎません。お風呂に入るときも、だついじょまでたびをはいて行きます。

おじいさんは、僕と同じで甘いものがだい好きです。特におまんじゅうが好きです。おまんじゅうを食べるときは、必ずろうがんきょうをかけます。それをかけると、おまんじゅうが大きく見えてうれしいのだそうです。

　おじいさんはむかし、せんそうに行っていたそうで、その時のはなしをよくしてくれます。いったいいつごろのはなしなのか、よくわかりません。おじいさんが若いころの話だから、すごくすごくむかしのことです。

　せんそうのはなしはとてもおもしろいのですが、同じはなしを何回もするのがこまりものです。たいりくでひぞくをやっつけた話など、ぼくは細かいところまですっかりおぼえてしまいました。でもおじいさんのはなしは毎回すこしずつちがっています。ぼくがこの前はこう言ったよとしてきすると、はて、そんなことはないじゃろと言いながら、前に言ったことをひていしたりします。

　おじいさんのはなしによれば、そのせんそうでいちばんまずかったのは、りくぐんとかいぐんの仲が悪かったことだそうです。この二つがいったいとなって闘ったことはほとんどなく、いつもばらばらにたたかって負けていたのだそうです（ぼくはこのまえちょうれいで校長せんせいが言っていた、三本のやのはなしをおもいだしました）。そのくせそれからしばらくすると、やっぱり負けてよかったのだと一人で言ってはうなずきます。いったいどっちなのでしょう。むじゅんすることを言うくらいなら、はじめから何も言わなければいいのにとぼくは思います。

　何でもおじいさんがいた軍たいでは、まだまだやる気で、せんそうが終わるというてんのうへいかのほうそうは、でんぱのじょうたいが悪くてあまりよく聞き取れず、きっとそ連に対するせんせんふこくにちがいないと思っていたのだそうです。

おじいさんはこうふんすると、もしもしんじゅわんにだい二次こうげきをしておけば、もしもくりたかんたいがへたれて反転さえしなければ、だい一次そろもん海戦で、まるはだかの敵のゆそう船にこうげきをしかけていれば、いや何よりもみっどうぇーのらいそう転換があと五分早かったらとか言ってくやしがります。

まちがったことを教えないでくださいよとかあさんが横から口を出すと、おじいさんはごきをあらげて、わしはまちがったことなど言っとらん、と言いました。

かあさんはまゆをひそめてどこかへ行ってしまいました。

そのかあさんは、おじいさんがいないところで、おじいさんがへいたいだったことは事実だけど、せんそうが終わるまでずっとまんしゅうというところにいたから、じっさいのせんとうはあまりけいけんしていないのよ、だから適当なことが言えるのよと、おじいさんをひはんします。まんしゅうとはどこにあるのか、一度おじいさんに聞きましたがわすれました。だからまんじゅうが好きなの、とぼくがたずねると、おじいさんは大声でわらいました。

おじいさんが教えてくれた遊びの一つに、ふとんばくだんというのがあります。これはふとんをかかえて、てきの戦車にみたてた、たんすやほんだなの前にとびこむ遊びです。いち、に、さん、とかけ声をかけて、ふとんごととびこむのはとても面白くて、ぼくはやみつきになりました。

ふとんを両手にかかえてばたんばたんやっていると、おかあさんがやってきてもんくを言います。この遊びをすると、へやじゅうにこまかいほこりが立つので、かのじょはいやなのです。だから最近は、かのじょがかいものに行っているときにしかこの遊びをやりません。

ほんものはふとんの中に火薬がつまっていて、てきの戦車はこなごなになるのだそうです。

でもこれがばくだんだったら、そのあと自分はどうやってにげるのでしょうか。すぐにばくはつさせないと、戦車は先に行ってしまいます。でもすぐにばくはつさせたら、自分がにげられません。そもそもとびこみ方が下手なら、戦車のきゃたぴらにひかれてしまいそうです。こんどおじいさんにきいてみようとおもいます。

こまることが一つあります。おじいさんは、といれが長いのです。新聞をといれにもって行って、中でよむのがしゅみなのです。かあさんは時々いらいらして、といれのドアをらんぼうにたたきます。出てくると、さいきんのニュースについて、ひょうろんかみたいに詳しくなって、ぼくやかあさん相手に、ニュースのかいせつをはじめます。でも、せんそうのはなしほどおもしろくありません。かあさんは、ちゃわんを洗ったり、へやをそうじしたりしながらはいはいとあいづちを打っていますが、かのじょもほとんど聞いていないとぼくはにらんでいます。

おじいさんは若いころは、いろんな仕事を転々としたようです。さんや、というところにいたこともあるそうです。ぼくが、さんやというところにいってみたいと言うとおじいさんは、かあさんにないしょにするならば、そのうちつれていってやると言いました。

かあさんに何か仕事をたのまれると、おじいさんははり切って、なぞの言葉を叫びます。

「にぇらぼひたくしゃーちにぇっと!」

そしてたいていいつも、やりすぎで怒られています。ぞうきんがけをやらせると、力を入れすぎてぞうきんを一回でぼろぼろにしてしまうし、おふろのそうじをやらせると、ばか力でくれんざーをしておふろの表面を傷だらけにしてしまうのです。せんたくものの取り込みをたのまれた時は、はりきって全部たたんでしまって、あたしの下着はいいです、とかのじょに後でつめたく言われていました。

おじいさんは、ときどき老人会のあつまりに出かけます。そして帰ってくると、きょうも今のせいじのじょうきょうについてわしが教えてやったといばります。みんな何も知らん、少し知ってるやつも、みんなテレビのわいどしょーのうけ売りだ、まったくこうじょうしんのない老人ばかりでいやになると言います。こうじょうしんがないとは、ぼくがきょねんのたんにんの中山せんせいから言われたことなので、ぼくはいっしゅんおどろきました。

でもおじいさんは、自分が思っているほど老人会でそんけいされているわけではないみたいです。いぜん一度、おじいさんの忘れものをとどけに老人会に行ったことがあるのですが、ぼくが入っていったとき、おじいさんはやっぱりといれに行っていて、みんながおじいさんのうわさばなしをしていました。ぼくがだれだか知らないので、みんなはずいぶんとひどいことを言っていました。たしか、ごうまんだとか、ひとりよがりだとか言っていたと思います。

「いいこじなお年寄りはきらわれますよ」

何かのおりにかあさんがそう言ったことがありますが、おじいさんはあべこべに胸を張って、

「いいこじこそわが人生。いいこじがわしの命を支えているんじゃ。わしがいいこじをやめたら、明日にもお迎えが来る」

おじいさんの最近のくちぐせは、老へいは死なず、ただたれ流すのみ、です。これを聞くと、かあさんはまゆをひそめて、ものすごくいやな顔をします。たれ流すというのは、一人でといれに行けなくなることだそうです。その時は……とかあさんが言うと、はい、わかってますとおじいさんはしんみょうにうなずきます。

でもおじいさんは、決してばかではないのです。なにしろ、ろしあ語ができるのです。ろしあ語はえいごよりずっと難しいことばらしいので、それができるおじいさんは、きっと本当はすごい人なのです。杉本くんのおかあさんはえい語がぺらぺらだそうですし、綾ちゃんなんかは一年の時からえいかいわの学校に行っているそうですが、ろしあ語ができる日本人は、まだまだかずが少ないのではないでしょうか。

ぼくもおじいさんに教わって、ろしあの言葉をたくさん覚えました。〈かるとふぇーり〉、こ

れは〈ジャガイモ〉といういみで、〈かーしゃ〉は〈おかゆ〉、〈くらーすち〉、これは〈盗む〉
といういみのどうしだそうです。
〈らーげり〉、これは〈しゅうようじょ〉で、〈ぶぃえんな・ぷりぇんぬい〉、これは〈ほりょ〉
といういみです。高学年になって勉強するがいこく語が、えい語ではなくてろしあ語だったら、
ぼくもほかの人より少しゆうりなのになぁと思うとざんねんです。
もちろん単語だけではなく、長いぶんしょうも習いました。〈むにぇー・がろーどな〉、これ
は〈おなかが空いた〉といういみです。〈むにぇ・ほーちぇっつぁ・いぇすち〉、これは〈何か
食べたい〉で、最後の〈いぇすち〉を〈ぴーち〉に変えると〈何か飲みたい〉になります。
〈おーちん・ほーらどな〉、これは〈とても寒い〉といういみで、〈まろーど〉というのも、だ
いたい同じようないみだそうです。
かあさんから仕事をたのまれたときに、はりきってかならず叫ぶあの〈にぇらぼひたくしゃ
ーちにえっと〉もやっぱりろしあ語で、〈はたらかざるもの食うべからず〉といういみだそう
です。
おじいさんは画集を一さつだけ、はだみはなさず持っています。かづき、という人の画集で、
一度だけ中を見せてもらいましたが、がめんはまっ黒で、何がえがいてあるのか、ぼくにはわ
かりませんでした。
そ連で一緒だった人だそうですが、画集が出ているようなゆうめいな人と知り合いなのだか

ら、やはりおじいさんはすごい人なのです。

おじいさんがぼくの部屋に来たときに、ぼくがひとりゲーム機で遊んでいると、おじいさんはさみしそうな顔になります。ぼくという話あいてを、ゲームのきかいに取られてしまったからでしょう。ぼくの横にすわってがめんをいっしょにながめては、

「うまいのう」

とか、

「やられたのう」

とか言うので、きが散ってしかたありません。

そこでぼくはあるときふと思いついて、ゲームのそうさ方法をおじいさんに教えてみました。おじいさんがさみしそうにしているのを見るのが、ぼくはいやなのです。それにもしおじいさんもゲームをやるようになれば、これから杉本くんや小林くんがうちに遊びにこない時でも、たいせんモードで遊べるからです。

ぼくがせつめいすると、おじいさんはいがいとのみ込みがはやく、レバーのうごかし方や弾のうちかたなどは、すぐにマスターしました。ところがじっさいにやってみると、ぜんぜん下手くそで、話になりませんでした。てきが大勢で、しかもきかんじゅうを持って向かってきているのに、まっしょうめんからぶつかって行って、てきの弾を春の日ざしのようにむねいっぱ

いに浴びて、たちまちのうちにゲームオーバーになってしまうのです。さいしょはこっちは単発しきのじゅうだから、さいしょは逃げて逃げて、隠れているアイテムを取ってこっちのぶきをアップグレードしないと、ぜったいに勝てないのです。

だからそれじゃだめだよと、ぼくは口がすっぱくなるまで何回も言って聞かせたのですが、おじいさんは、ぜんぜんきく耳をもちません。むてきのかんとうぐんにたいきゃくなし！　ましてできぜん逃亡などもってのほか！　そう叫びながら、マシンガンをもったてきの真ん中につっこんで行っては、やっぱり弾を春の日ざしのようにむねいっぱいに浴びてやられてしまうのです。せんとうちゅうのぶたいの後退はこれを許さず！　せっこう、でんれいのげんたいふっきのみ、後方に向かうこうしんを許す！　そんなことを叫びながら、顔に青すじを立ててコントローラーを動かすだけなのです。

こうふんしたおじいさんは、その場で立ちあがると、さしてもいない日本刀をこしからぬいて、ふり回しはじめました。「てやあ」「そりゃあ」と言いながら空中を切りきざんでいるうちに、ゆびをかもいにぶつけて、「ううう」と涙目になってうずくまりました。

これではいつまで経っても、たいせんモードでは遊べません。そこでぼくは、ひとつ作戦をねりました。

この前3じのおやつに、おじいさんのだい好きなこおりやまのうす皮まんじゅうが出たときです。おじいさんはもちろんあっという間に食べてしまいましたが、ぼくはがまんして、食べずに取っておいたのです。

　そしてその日の夕ごはんのあと、ゲームをやっているところへおじいさんがやって来たので、ぼくはうす皮まんじゅうを見せびらかしながら、いちまん点だしたらこれあげると言ってみました。するとおじいさんは、うむ、と言いながら、いつもよりもしんけんな表情で、コントローラーのレバーをうごかしはじめました。おまんじゅうにあっさりつられるところなんかは、みうちとしてちょっとなさけないのですが、それでもおじいさんがてきとの正面しょうとつをさけ、ぼくがやっていたのを見よう見まねで、じみちにてきを一人一人倒して行く姿はなかなかのみものでした。

　おじいさんの点は、いちまん点にははるかにおよびませんでしたが、がんばったごほうびに、ぼくはおまんじゅうを二つに割って、半分おじいさんにあげました。


　おじいさんの庭いじりは今もつづいています。でも、たんぽぽやおおばことという草はいつも抜かずにのこしておきます。どうしてこれは抜かないのとたずねたら、おじいさんはいざとなったら食べられるからだと答えました。

　ぼくが、たびをぬいだおじいさんをはじめて見たのは、今年の夏のことです。

　ものすごく暑い日で、あせをびっしょりかいたおじいさんが、たびをはきかえるのをもくげきしてしまったのです。

ぼくはおどろきました。みぎあしもひだりあしも、あしの先がなかったのです。あしのゆびはぜんぶなくて、クリームぱんの端のほうのように、にくの芽のような盛りあがりが、いくつかつき出しているだけでした。

そ連でとうしょうというものにかかって、あしの先がくさってしまったので切り落としたのだそうです。

いつも歩くのがおそいので、ぼくはおじいさんがのろまだと思っていたのですが、じつはたびの先のほうに、あしの形のつめものをしていたのでした。

切るときには、ますい、というものもかけなかったそうです。いたかった？　とぼくがたずねると、おじいさんは小さくうなずきました。

とってもとってもいたかった？　と聞くと、おじいさんは返事をしませんでした。

そのかわりにぽとり、とあしの上に水が落ちてきたので、ふしぎに思って見上げると、おじいさんはなみだをぽろぽろこぼしていました。

でもおれは運がいい。りょうあしの先がくさっただけですんだのだから。あいつにおれのすーぷを飲ませてやれば、おれのがいとうをかけてやれば、そう言って泣きじゃくりました。おじいさんがこんなに泣くのを見たのは、あとにも先にもこの時だけです。

ああ、チャイムがなってしまいました。もっともっとおじいさんのことを書きたいのに。

おじいさんの口ぐせは、「あしたはきっと良いことがある」です。そ連で、なかまとこう言い合ってがんばったのだそうです。今のところ、おじいさんに良いことが起きそうなけはいはまったくないのですが、起こってくれれば良いとぼくは思います。

ぼくのしょうらいのゆめは、はつめい家になることです。

はやく大きくなって、おじいさんが一人でといれに行けなくなっても、おじいさんがかあさんにおこられないようなきかいを、はつめいしてあげたいと思います。

ぼくのおじいさん

北へ西へ

香月泰男
油彩・カンヴァス／72.9×116.7／1959年／山口県立美術館

祖母緑《エメラルド》の少女

Ⅰ

「この水着《バーデホーズ》のお爺さんはだあれ？」

甲高くて可愛らしい声に思わず振り返ると、七歳くらいの金髪巻き毛で碧眼《へきがん》の少女が、すぐ隣にいる大人の女性に質問をしているところだった。

「えっ？　水着のお爺さん？」

大人の女性の方は、内容もさることながら、質問されたこと自体に戸惑っているかのようである。歳の頃は三十代後半くらい、大きめの口罩《マスク》をしているので顔は上半分しか見えないが、髪の色も髪質も、さらに目の色も女の子と全く同じなので、どうやら母親と見做《みな》して問題はなさそうだ。ただ元気いっぱいの女の子と比べると、どこか生活に疲れたような雰囲気を滲ませている。

ここは南独逸《ドイツ》、慕尼黒《ミュンヘン》の老繪畫陳列館《アルテ・ピナコテーク》。平日の午前中ということもあって、展示室には僕と彼女たちだけ。絵をゆっくり鑑賞するには理想的な状況だ。

「ほら、あのお爺さん」

「知らない」

だが母親とおぼしき女性は、突《つ》っ慳貪《けんどん》な口調でそう返すと、さっさと次の絵へと向かって行った。女の子はそのままその場に茫然《ぼうぜん》と佇む。

ちょっと可哀想になった。主語を省略するのが一般的な羅甸《ラテン》語系言語ならばいざ知らず、独逸《ドイツ》語で **weiß nicht** である。敢えて訳せば〈知らね〉〈知るか〉である。母親は疲れているのか機嫌が悪いのか、あるいはその両方なのか。

残された女の子は、僕のすぐ隣で、痛くはないのかと見ているこちらが心配になるような首の角度で、不思議そうに絵を見上げ続けている。

老繪畫陳列館《アルテ・ピナコテーク》という名称の通り、この美術館の収蔵品はすべて近世以前の作品であり、壁を占めるのはその大部分が宗教画あるいは神話画である。そしていま僕と女の子が並んで眺めているのは、十五世紀の **Pacher**《パッハー》 の筆による『教父祭壇画』——僕は大好きだが、お世辞にも一般に膾炙《かいしゃ》しているとは言えない作品だ。

四幅対の祭壇画で、四大羅甸《ラテン》教父が一幅に一人ずつ描かれている。教父とは古代から中世初期にかけて、基督《キリスト》教の正統信仰の著述を行い、なおかつ自らも聖なる生涯を送ったとされる人物のことで、著述が希臘《ギリシャ》語でなされた者たちを希臘《ギリシャ》教父、羅甸《ラテン》語でなされた者たちを羅甸《ラテン》教父と呼ぶ。

女の子が指差したのは、その四幅対の右から二枚目の画面だ。正面手前で、こちらに背中を向けた一人の老人が、奥の人物に向かって懸命に手を伸ばしている。その数倍の大きさで描かれている奥の人物は、その老人の手首を慈悲深い表情で摑んであげている。

この絵の主役である〈教父〉は、もちろん奥にいる人物の方で、彼の徳の高さを讃《たた》えるのが絵の主眼なわけだが、女の子が質問している〈お爺さん〉が、懸命に手を伸ばしている手前の老人の方なのは明らかだった。

というのも奥の教父が威厳に満ちた緋色の衣裳に身を包んでいるのに対して、手前の老人は完全に上半身裸で、下半身に水着のようなものを一枚穿いているだけなのだ。宗教画だらけの部屋にお爺さんの半裸姿は、ただでさえ場違いなものがあるが、これがまたぴちっと臀部《でんぶ》に密着するような黒い比基尼下穿《ビキニパンツ》で、もしこれが湘南や鵠沼《くげぬま》あたりだったら、じーさん一体何を張り切ってるんや！　と地元の高校生あたりに背中を思い切り叩かれること請け合いの風情だということである。

さらにはその爺さん、身体は半裸のくせして頭には立派な王冠を載せているから、これがまた如何にも怪しい風情である。もしこの格好で街を歩いていたら、即刻通報されるであろう水準《レベル》であり、純朴な女の子が「この水着《バーデホーズ》のお爺さんはだあれ？」と訊きたくなるのも無理はない。

だがそうこうするうちに、娘が跟《つ》いて来ていないことに気付いた母親が、跫音《あしおと》を戞戞《かつかつ》と響かせながら戻って来て、その場に根が生えたように動かない女の子の手首を摑んだ。よく見ると女性の両目は、花粉の季節でもないのに真っ赤になっている。

「こら、安娜《アンネ》＝蘇菲《ゾフィー》。そんなお爺さんの絵なんか、どうでもいいでしょ」

そう言ってどんどん引っ張って行く。図らずしも目の前の絵の老人と同じような格好だ。

女の子は斜めになりながら隣の展示室へと消えた。

展示室に一人になった僕は、なおも祭壇画を眺め続けた。僕はこの街に来たら、この四幅対の前で最低二〇分は過ごすのが常なのだ。それくらいこの絵が好きで、何度見ても飽きない。

五分ほど経ったところで、後ろから僕の上着の裾を引っ張る者がいる。連れなどいないので不思議に思って振り返ると、例の女の子が真後ろに立っていた。

安娜《アンネ》＝蘇菲《ゾフィー》と呼ばれていた彼女は、その祖母緑《エメラルド》色の瞳で僕の顔を凝《じ》っと見つめた。そして僕が怒っていないことを確かめると、僕の前に素早く回りこんで来て、小さな手で再び祭壇画を指差した。

「ねえお兄さん、知ってるんでしょう？　この水着のお爺さんはだあれ？」

「ああこれはね、古代羅馬《ローマ》の圖拉真《トラヤヌス》という皇帝だよ」

いわゆる羅馬《ローマ》五賢帝の一人で、西暦一一七年に西西里島《シチリア》で没した後も、その評価が落ちるどころか賞賛され続けた名君中の名君だ。

「皇帝？」

「うん。それで向こう側にいるのは六世紀の聖格列高列《グレゴリウス》。彌撒《ミサ》で歌われる聖歌のことを格列高列《グレゴリウス》聖歌と言うんだけど、その名前の由来にもなった偉い聖人さんだ。これは圖拉真《トラヤヌス》帝が、聖格列高列《グレゴリウス》のとりなしによって煉獄から救い出されるところの絵」

「煉獄ってなあに？」

うーん、やはりそこを突いて来るか。それはできれば僕にではなく、日曜日の彌撒《ミサ》に行った時などに、教会で訊いてもらいたいものだが——。

基督《キリスト》教の教えでは、人は死んだら天国か地獄のどちらかに否応なく振り分けられるわけだが、昔は生まれてすぐに死んでしまう乳幼児が、今とは比べものにならないほど多かった。すると人々の間に、そんな赤ちゃんの魂は天国へ行くのか地獄へ行くのかという素朴な疑問が湧いて来る。何一つ悪いことはしていないから地獄行きは可哀想すぎるとしても、特に善行も積んではいないし、そもそもまだ基督《キリスト》教徒として洗礼を受けていないわけだから、即座に天国に迎えられるというのも教義的に問題があるということで、苦し紛れに作り出された第三の場所というのが僕の理解なのだが、この場でそう答えるのはちょっと面倒だ。というか長すぎる。

そこで僕は大幅に端折ることにした。

「死んですぐに天国には行けないけど、かと言って地獄送りになるほど悪いことをしたわけではない人が、とりあえず入って清めを得る場所らしいよ」

「行ったことある？」

「な、ないよ」

僕は苦笑した。

「それじゃあどうしてお爺さんは、皇帝のくせに水着なの？」

困った。それは僕もわからない。だがどちらにしても、煉獄にいることの視覚的表現であることに間違いはないだろう。

「うーん……。そこは清めの火とかがいっぱい燃えている場所らしいから、暑くて服を脱いじゃったんじゃないのかなあ」

古代羅馬《ローマ》についての本は結構繙《ひもと》いたが、圖拉真《トラヤヌス》帝が普段から下穿き一枚で過ごす性癖の持ち主だったという記述を読んだことは一度もないので、多分それで合っていると思う。

「お兄ちゃん、詳しいのね」

安娜《アンネ》＝蘇菲《ゾフィー》はようやく白い歯を見せた。

「たまたまだよ。この絵にはちょっと興味があってね」

ただしもし圖拉真《トラヤヌス》本人が生き返ってこの絵を見たら、烈火のごとく怒ることは請け合いだ。教会は名君の誉れ高い彼の威光を何としても取り込みたかったが、圖拉真《トラヤヌス》が没した二世紀初頭、基督《キリスト》教は残念ながら羅馬《ローマ》帝国で公認すらされておらず――公認されたのは彼の没後二〇〇年近く経った三一三年、君士坦丁《コンスタンティヌス》一世の米蘭《ミラノ》勅令によってであり、国教化に至っては狄奥多西《テオドシス》一世の時代の三九二年まで待たなければならない――彼自身は基督《キリスト》教などという夷狄《いてき》の宗教に帰依するつもりなど、毛頭なかったことは明らかである。

そこで仕方なく十三世紀の多瑪斯《トマス》・阿奎那《アクィナス》などは、その著作の中で圖拉真《トラヤヌス》帝のことを《良き異教徒》と呼んだりしているわけであるが、どうしても諦め切れない羅馬《ローマ》教会は、その後とうとう彼が死後一旦煉獄に入り、その後聖格列高列《グレゴリウス》のとりなしによって、魂は基督《キリスト》教の洗礼を受けたという与太話を堂々と捏造《ねつぞう》するに至った。

これはその時の一部始終を、まるで見て来たかのように描いた一枚である。聖格列高列《グレゴリウス》は六世紀の人だから、圖拉真《トラヤヌス》は四百年間も煉獄で待っていたことになるわけだ。

もちろん圖拉真《トラヤヌス》にとっては迷惑この上ない話である。勝手に基督《キリスト》教徒にさせられた上、この異様なまでにぴっちりした比基尼下穿《ビキニパンツ》に王冠という、末代までの恥みたいな恰好で晒《さら》され続ける羽目になってしまったのだから——。

「それじゃあ、あのお爺さんは?」

安娜《アンネ》＝蘇菲《ゾフィー》がまた別の画面を指差した。

ひょっとしてこの女の子は、いわゆる爺専《ジジセン》なのだろうか? くり返すがここは慕尼黑《ミュンヘン》の老繪畫陳列館《アルテ・ピナコテーク》、壁を飾るのは大部分が宗教画と神話画だから、品揃えはばっちりだ。各種お爺さんが取り揃えてある。

「あの常夏娘みたいな帽子をかぶったお爺さん」

「常夏娘?」

思わず耳を疑った。immersommermädchen《インマーゾマーメートヒェン》なる表現を聞くのは初めてだったからだ。独逸《ドイツ》語は日本語に負けず劣らず造語能力が高い言語だから意味はわかるが、間違いなく辞書には載っていないことだろう——。

「あれって普通夏の海岸とかで、それこそ比基尼《ビキニ》を着た綺麗な女の人がかぶる帽子じゃない？　あんなのかぶっちゃってあのお爺さん、周囲から完全に浮いてない？」

「ああ、あの帽子か……」

今度は同じ**Pacher**の四幅対の、一番左の画面に描かれている人物だった。

「あれは聖耶柔米《ヒエロニムス》。希伯來語《ヘブライ》の聖書を羅甸語《ラテン》に訳した偉い聖人で、かぶっている深紅の鍔広《つばひろ》の帽子は、枢機卿であることを示しているんだよ」

話をややこしくしないために、聖耶柔米《ヒエロニムス》が生きていた時代には、教皇を補佐するこの役職はまだなかったということは言わないでおこう。

「十五世紀に第二十一代の羅馬《ローマ》法王保禄《パウルス》二世が、この世で赤い帽子をかぶることができるのは枢機卿だけと決めたから、宗教画で赤い帽子をかぶったり手に持っている人がいたら、すぐに彼だとわかるんだ」

いわゆる固有持物《アトリビュート》というやつである。

「は？　何それ？」

だが安娜《アンネ》＝蘇菲《ゾフィー》は、唇を尖らせて憤慨した。

「何その保禄《パウルス》とかいうやつ。そんなこと勝手に決めるなよ！」

僕は苦笑しながら答えた。

「昔の話だよ。もちろん今は、誰がかぶっても良い」

「でも許せない。横暴《ティラニッシュ》よ！　大きくなったら絶対にかぶってやる！」

「うん、どんどんかぶれば良いと思うよ」

すると少女はくるりと振り返って、

「ふうーん。じゃあ、そこの人は？」

今度は全く別の絵を指差す。

「何であの人だけおもちゃ持ってるの？　買ってもらったの？」

それは把手《とって》がついた木製の仕掛けを手に持った一人の男の姿である。確かにそれは、北欧あたりの高級な木製おもちゃに見えなくもない。

「あれは四世紀初頭の聖伊拉斯謨《エラスムス》という聖人だ。そして持っているのは腸の巻き上げ機」

「はへ？　腸《ダルム》の巻き上げ？」

とさしもの安娜《アンネ》＝蘇菲《ゾフィー》も、自分の耳を疑う様子。

「うん。聖伊拉斯謨《エラスムス》は生きたままお腹を裂かれて、あのおもちゃみたいな機械で腸をぐるぐると巻き上げられて殉教したからね」

「だったらてめー、そんな嬉しそうな顔して持ってんじゃねーよ！」

と聖伊拉斯謨《エラスムス》、壮絶なる最期を遂げた挙句、はるか後代の小さな女の子にまで文句を言われて、正に踏んだり蹴ったりである。

「こいつらは何者？」

安娜《アンネ》＝蘇菲《ゾフィー》の質問はまだまだ続く。何とも都合の悪いことに、そこから先は、聖人たちの殉教の場面を描いた絵がずらりと並ぶ一劃《コーナー》だ。

「そこの十字架に逆さまに架けられているのは聖彼得《ペテロ》で、X字の十字架に磔《はりつけ》になっているのが聖安得烈《アンドレイ》」

こういう宗教画を子供に見せるのは果たしてどうなのだろう――とりあえず訊かれたことには答えながら、僕は心の中で独語した――母親がどういうつもりで今日ここに彼女を連れて来たのかは知る由もないが、感受性が強ければ強いほど、心的外傷《トラウマ》になる可能性は否定できない。もちろん教会は、時にこうした残酷な画題の宗教画や濕壁画《フレスコ》、さらに彫刻に花窗玻璃《ステンドグラス》まで駆使して植え付けた恐怖心を、敬虔《けいけん》な信仰心を抱かせるために利用したわけだが――。

「しかもこいつら、そのまんまの恰好じゃん！　けっこう気に入ってるんじゃん！」

そうなのだ。彼らは殉教の場面だけではなく、その後天国で聖人たちの列に加わっている時も、殉教した時の姿のまま描かれていたりするのだから、見ているこっちが痛くなることもしばしばである。

「いや、誰が誰だかわかりやすくするためで、別に気に入ってるわけじゃないと思うけど……」

「だからこいつは何者？」

「全身に矢が刺さっているのは聖聖巴斯弟盎《セバスティアン》」

「わかったから抜いて来いよな、抜いて！」

「頭に斧がめり込んでいるのは聖彼得《ペテロ》」

「わかったから外して来いよ、外して！」

「自分の生首を手に持っているのは聖但尼《ドニ》」

「わかったから、つなげて来いよ、つなげて！」

「自分の生皮を手に持っているのは聖巴多羅買《バルトロマイ》」

「わかったから、かぶって来いよ、かぶって！」

僕は思わず噴き出した。美術館でこんなに笑ったのは、後にも先にもこの時だけだと思う。

祖母緑の少女　I

教父祭壇画

ミヒャエル・パッハー
油彩・板／216×382／1480年頃／ミュンヘン、アルテ・ピナコテーク

祖母緑《エメラルド》の少女

II

しかし考えてみると、東洋人である上に基督教徒《クリスチャン》でもない僕が金髪碧眼の少女から、西洋画それも宗教画について質問を受けているというのも、何だが不思議である。全身矢に射られた聖人と同じ名前を持つ、日本の電視動畫《アニメ》が大好きな仏蘭西《フランス》人の友人は、ちゃんと見たことがなかった僕に向かって、『新世紀福音戰士《エヴァンゲリオン》』の魅力について滔々《とうとう》と語った末に、

「お前、惣流・明日香・蘭格雷《ラングレー》を知らないなんてそれでも日本人か！　この無駄日本人！　お前の代わりに俺が日本人として生まれたかったよ！」

と口角泡を飛ばしながら慨嘆したものだったが――。

「うわあこの怪獣、首が二つあるよ」

歩を進めるうちに、神話画の一劃《コーナー》に変わっていた。荒れ狂う波濤《はとう》の中、岩にくくりつけられた全裸の女性を、見るからに凶暴な怪獣《ケートス》が今まさに襲おうとしている場面を描いた一枚である。暗い色調の背景と、縛《いまし》められた女性の淡い金髪と白い裸体の対比《コントラスト》が鮮やかだ。

「この綺麗な女の人は誰？」

「彼女は星雲の名前にもなっている安徳羅美達《アンドロメダ》。阿比西尼亞《エチオピア》の女王卡西歐佩亞《カシオペア》の娘だけど、自

慢好きの母親――こちらは星座の名前になっている――が波賽頓《ポセイドン》の怒りを買ってしまったので、可哀想にもそのとばっちりで生贄《いけにえ》にされようとしているところだ」

「じゃあこの怪獣は？」

うーん。ちょっと答えにくい……。

「波賽頓《ポセイドン》が差し向けた双頭の怪獣《ケートス》だね。根底にあるのは龍の幻像《イメージ》なんだろうけど」

「退治されちゃうの？」

「うん、このあと英雄珀耳修斯《ペルセウス》が、戈爾貢《ゴルゴン》の首を持って助けに来るよ」

とりあえず神話的事実だけを伝える、もっともさしもの珀耳修斯《ペルセウス》も、少し苦戦するかも知れない。双頭の怪獣《ケートス》は、両方の首を完全に切り落とさないと死なないことだろう――。

そうこうしているうちに、二階の正面奥まで並んで歩いて来ていた。ここにはこの美術館の目玉の一つがある。

十五世紀末から十六世紀初頭にかけて、紐倫堡《ニュルンベルク》を本拠地に活躍した阿爾布雷希特《アルブレヒト》・杜勒《デューラー》の最晩年の傑作『四人の使徒』だ。二枚の巨大な縦長の画面に、使徒の姿が一枚に二人ずつ、等身大よりもはるかに大きな姿で描かれている。

時にこの絵は、古代の希波克拉底《ヒポクラテス》由来の、四大気質を描いた絵として紹介されることがある。人間は血液・粘液・黄胆汁・黒胆汁の四つの体液を持っていて、その調和によって健康が保たれるのだが、うち支配的な体液によって気質や性格が決まるという考えだ。

まず左隻《させき》手前に大きく描かれているのは、赤い衣に身を包んだ聖約翰《ヨハネ》。一口に聖約翰《ヨハネ》と言っても複数いるわけだが、洗礼者約翰《ヨハネ》でも黙示録の約翰《ヨハネ》でもなく、福音史家の約翰《ヨハネ》だ。書物を開いているが、ひょっとすると自ら著した福音書だろうか。血液が支配的な多血質とされる。

そしてその奥には、その書物に目を落とすような形で聖彼得《ペテロ》。初代羅馬《ローマ》法王と見做されている人物だ。画像学のお約束通り、天国の鍵を手に持っている。殉教の場面を描いた絵画で、十字架に上下逆さまに架けられている人物がいたら、それは彼だ。粘液が支配的な粘液質とされる。

一方右隻《うせき》の前面に大きく描かれているのは、鮮やかな白い衣を身に纏った聖保羅《パウロ》。猶太《ユダヤ》教徒だったが、基督《キリスト》教弾圧のための許可状を求めて大馬士革《ダマスクス》に向かう途中で、神の啓示を受けて回心したといわれる人である。天からの強烈な光に照らされて、思わず落馬したその場面が良く画題になる。多くの異邦人を基督《キリスト》教徒に帰依させたが、彼得《ペテロ》と同じく尼祿《ネロ》帝の羅馬《ローマ》で殉教した。黒胆汁が支配的な憂鬱質とされる。

そしてその左奥には、そんな保羅《パウロ》を凝視するかのような聖馬可《マルコ》。保羅《パウロ》と共に伝道の旅に出て、こちらは埃及《エジプト》の亞歴山卓《アレキサンドリア》で殉教したが、その遺骸はのちに威尼斯《ヴェニス》に運ばれ、かの水の都の守護聖人となった。聖馬可《サンマルコ》大聖堂は彼の巨大な墓である。黄胆汁が支配的な胆汁質とされる。

遠くからこの絵を眺めた時にまず目を射るのは、何と言っても右隻の画面のほとんどを占める、保羅《パウロ》の乳白色の衣である。左隻の約翰《ヨハネ》の赤い衣も目を惹くが、こちらは重力に従ってふんわりと下に垂れ下がっているのに対し、黄色と灰色で陰影をつけられた保羅《パウロ》の衣は襞《ひだ》も深く、見る人を突き刺すかのような鋭角的な形《フォルム》をしている。

　昔から物議を醸して来たのは、画面の不均衡《アンバランス》さである。前面の二人、すなわち左隻の約翰《ヨハネ》と右隻の保羅《パウロ》が大きく描かれすぎていて、後列の二人が見るからに窮屈そうなのだ。特に馬可《マルコ》は上半身が背景の黒に溶け込んでしまっているから、顔と手だけが空中にぽっかり泛《うか》んでいるかのようにも見える。保羅《パウロ》に向かって何か言いたそうでもあるが、もし吹き出しがあったら「ちょっと狭いんで、もうちょい詰めてもらえませんか？」と入れたいところだ。

だが保羅《パウロ》はお構いなしで、鋭い眼光でこちらを睨《ね》めつけている。

　そこでこんな説が生まれた。元々は一枚の画面に一人ずつ描かれる予定だったのだが、何らかの理由で彼得《ペテロ》と馬可《マルコ》が描き足されて四人になったというのだ。最初は三連式祭壇画《トリプティック》として構想されたが、中央祭壇画は描かれず、両翼に一人ずつ描き足して四大気質の絵に変更されたというのである。興味のある人には帕諾夫斯基《パノフスキー》の研究書をお勧めするが、僕はこの説はかなり説得力があると思う。最初から一枚に二人ずつ描くつもりだったならば、あの杜勒《デューラー》がこんな不均衡《アンバランス》な構図を取る筈はないと思うからである。

「何だか狭そうだね」

安娜《アンネ》＝蘇菲《ゾフィー》も同じ感想を抱いたらしいので、かいつまんでその話をした。

　すると安娜《アンネ》＝蘇菲《ゾフィー》は、一瞬目を細めるような表情をしてから言った。

「一人のところに二人かあ」

「まるであたしたちみたいだね」

どきりとした。


——


「もう、勝手に行かないの、安娜《アンネ》＝蘇菲《ゾフィー》！　ほら、こっち来なさい。お兄さんに迷惑でしょ」

彼女たちの母親が、僕たちを見つけて駆け寄って来た。

いつも娘たちを続けて呼ぶ癖がついているからだろうか、母親が言うと名前と中間名《ミドルネーム》が二重連字號《ダブルハイフン》で繋がれた一人の名前のようにしか聞こえず、それがまた彼女たちの置かれた境遇に強く思いを馳せさせる。

「いえ、迷惑どころか、とても楽しかったです。両手に花で」

答えてすぐに、果たしてこの表現は適切だっただろうかと少々不安になったが、母親は特に気にする様子はなく、むしろ重い話をはじめるきっかけになったのか、事情を話してくれた。

「実はこの子たち、来週分離手術なんです」

「そうだったんですか」

「でも、大手術になるらしいので心配なんですよ。この子たち、仙骨が一つしかありませんから」

「今は人工骨の技術だって進んでいますから、きっと大丈夫ですよ」

何とか励ましてあげたい一心で答える。

「だと良いのですけど……。仮に手術が上手く行ったとしても、立って歩けるようになるまで最低一年はかかるらしくて。今日は憶い出作りのつもりで、街の名所を全部巡ろうと思っていたのですけど、次に三人揃って外出できるのはいつになるのだろうと思ったら、涙が止まらなくなってしまって。この子たちも反抗期なのか言うことを聞かないし、苛々して目が行き届かなくて、ご迷惑をおかけしました」

「いいえ、そんな」

「だけど腸はちゃんと二人分あるよ」

安娜《アンネ》が言った。

「巻き上げられない限りはね」

蘇菲《ゾフィー》が言った。

「水着、着てみたいね」

「あたしたち、合うのがないから着たことないもんね」

淡々と言う。僕は舌を巻いた。自分たちの境遇を愚痴ることもなく、大手術への不安も口にしない。何という強靭《きょうじん》な心だろう。

「ねえ、約束してくんない？」

蘇菲《ゾフィー》が言った。僕は訊き返した。

「約束？」

「来年のこの日この時間にここで会うの。その時はあたしたち、両側から抱き付いて、本当に両手に花にしてあげるから」

「わかった。約束するよ」

それを聞くと安娜《アンネ》と蘇菲《ゾフィー》は跳び上がり、深い祖母緑《エメラルド》色をした四つの目で僕を見ながら、それぞれ一本ずつの手を振って去って行った。

僕は将来の予定を立てるのが嫌いな人間なのだが、来年のこの日だけは、絶対に何があってもここにやって来ようと思った。

赤い鍔広の帽子を二つ持参して、彼女たちに一つずつ贈ろう。そして深紅の帽子をかぶった彼女たちの間で、今度こそ両手に花――**zwischen**《ツヴィッシェン》 **zwei**《ツヴァイ》 **schönen**《シェーネン》 **Frauen**《フラウエン》 **sitzen**《ズィッツェン》（直訳すると『二人の美しい女性の間に座る』）――にしてもらおう。

絶対にそうなることを信じて、その日を楽しみに待つことにしよう。

四人の使徒

アルブレヒト・デューラー
油彩・板／212.8 × 76.2、212.4 × 76.3／1526年／
ミュンヘン、アルテ・ピナコテーク

葡流后《ブルゴーニュ》の塔の上で

螺《ら》旋《せん》階段の途中にあった無人の料金箱に一欧元《ユーロ》硬貨を抛り込み、巻貝の内部と思われる螺旋を、何周も描いてようやく塔の上に出た。

観光の時期ではないので、先客は若い男女と三〇代後半くらいの馬格裡布《マグレブ》系とおぼしき男の三人だけだった。最近この街にやって来たばかりらしい若い二人は、まだ折り目のきちんと入った市街地図を拡げて、あれがこれ、これがあれと地図と建物を照らし合わせている。風が彼等の地図を捲《めく》ってはまた戻している。一方馬格裡布《マグレブ》人は、特に何をするでもなく、まるで抱卵中の企鵝《ペンギン》のように、ただじっと風に吹かれている。

街を見下ろすと、早くも西に傾いた秋の陽光によって、街全体が黄金色に染まりはじめている。いつまでも暮れない夏が終わると、急激に日が短くなるのが緯度の高い欧羅巴《ヨーロッパ》の秋だ。

ここは仏蘭西《フランス》東部の街、第戎《ディジョン》。現在の人口は仏国内で格勒諾布爾《グルノーブル》より下で尼姆《ニーム》より上の十七番目という、あまり特徴のない地方都市の一つである。

今から五〇〇年前には、世界の芸術の中心地だったと言って、果たしてどれだけの人が信じてくれることだろう。

もちろん探せばそれなりに観光名所はある。何と言っても古《いにしえ》の大公宮殿。その一部である、善良公の名前がついたこの塔。仏蘭西国鉄《SNCF》の驛舎《えき》の向こうで夕陽を受けてきらきら輝くのは、白葡萄酒《ワイン》に黒加侖《カシス》の利口酒《リキュール》を加えて作る食前酒《アペリチフ》と同じ名前を持つ基爾《キール》湖だ（元は市長の名前らしい）。二〇世紀の後半に、古楽復活上演の波に乗って華々しく煉獄から復活した作曲家拉莫《ラモー》の像は裏通りにある。さらには小ぶりの凱旋門に名物の芥子《からし》屋……だがここでは全てがひっそりと生きているかのようである。まるで他人に迷惑をかけることを、極端に虞《おそ》れているかのように——。

　僕は自分でそう名乗ったことはないのだが、一部の人間から芸術探偵なる渾名《あだな》を頂戴している。まああらゆる時代の芸術を、必須栄養素のように毎日摂取していることは否定しようもないわけだが、中世の芸術についての本を繙くたびに、葡流后《ブルゴーニュ》公国とか葡流后《ブルゴーニュ》の宮殿という、学校の世界史の教科書には名前すら登場しなかった謎の国家名に頻繁に遭遇することに気付いた。

　たとえば音楽。全員が同じ単旋律を歌っていたそれまでの格列高列《グレゴリウス》聖歌と比べて、多声部音樂《ポリフォニー》の誕生は正に革命だったが、その立役者は、紀堯姆《ギヨーム》・迪費《デュファイ》をはじめとする葡流后《ブルゴーニュ》公国の宮廷作曲家たち（いわゆる葡流后《ブルゴーニュ》楽派）とある。彼等がもしいなかったら、その後の西洋音楽の発展は、大幅に遅れていたらしいのだ。さらに現在でも世界的な人気を誇っているかの維也納《ウィーン》少年合唱団は、哈布斯堡《ハプスブルク》家の馬克西米利安《マキシミリアン》が、妻の実家であるここ葡流后《ブルゴーニュ》の宮廷で、多声部音樂《ポリフォニー》の妙なる響きを生まれて初めて聴いて感動し、維納《ウィーン》に戻ってから肝煎《きもい》りで作らせたものだというではないか。

さらには美術。揚《ヤン》・范《ファン》・艾克《アイク》は、李奥納多《レオナルド》・達文西《ダヴィンチ》や拉斐爾《ラファエロ》なんかよりも半世紀以上早く生まれ、まだ蛋彩画《テンペラ》が大勢を占めていた十五世紀の前半に、たった一人で油絵の技法をほぼ完成させてしまった掛け値なしの天才だが、彼もまた葡流后《ブルゴーニュ》公国お抱えの芸術家だった。揚《ヤン》が兄の休伯特《フーベルト》と共同制作した根特《ヘント》の祭壇画は、世界一の多翼祭壇画と評しても構わないだろうが（唯一対抗馬になりそうなのは、格呂内瓦爾德《グリューネヴァルト》の伊森海姆《イーゼンハイム》祭壇画あたり？）、それは当時葡流后《ブルゴーニュ》公国の主要都市の一つだった根特《ヘント》の財力なしには実現できなかっただろうという。ここまで知ってしまって、今では跡形もないその謎の国に、興味を持つなという方が無理な話だ。

さらに追い打ちをかけたのは二冊の本だ。

まずは赫伊津哈《ホイジンガ》の『中世の秋』――名著として知られているが、実は出版直前まで『葡流后《ブルゴーニュ》の世紀』と名付けられる予定だったのが、公国の今日的知名度の低さ故、それでは絶対に売れないということで、出版直前に出版社によって急遽書名が変更されたものだ。

そして二冊目は路易《ルイ》・貝特朗《ベルトラン》の『夜の加斯巴《ガスパール》』――かの波德萊爾《ボードレール》が「少なくとも二〇回は読み返した」と絶賛している世界最初の散文詩集であり、本書を霊感の源とした拉威爾《ラヴェル》の同名の洋琴曲《ピアノ》が有名だが、この曲を弾きこなす洋琴奏者《ピアニスト》でも、原作を読んでいる人は少ないだろう。

その本文一行目は〈私は第戎《Dijon》の街が好きだ〉ではじまるのだが。

そして僕はその国が、かの査理大帝《シャルルマーニュ》の死後、三つに分裂した法蘭克《フランク》王国の中枢部を受け継いだ、洛泰爾《ロタール》一世の中法蘭克《フランク》王国の復興を目指したものであることを知った。第戎《ディジョン》を首邑《しゅゆう》とする現在の仏蘭西葡流后《フランスブルゴーニュ》を本領としながら、法蘭琪《フランシュ》・康堤《コンテ》や皮卡第《ピカルディ》、盧森堡《ルクセンブルグ》、さらには法蘭徳斯《フランドル》などを合わせた一大大国であったことも、百年戦争の時は、仏蘭西《フランス》王家への対抗意識から英吉利《イギリス》側について戦い、かの聖女貞徳《ジャンヌ・ダルク》を捕らえて英吉利《イギリス》側に引き渡したのは、葡流后《ブルゴーニュ》軍であったことなども知った。

さらにほんのわずかな期間の光芒のみを残して、歴史の闇の中に消えていったことも――。

――

倫敦《ロンドン》、伯林《ベルリン》、紐青《ニューヨーク》、桑港《サンフランシスコ》……欧米の主要な地名には、明治の文人たちによって、いずれも香り立つような美しい漢字が宛てられていて、それもまた日本語の豊饒さの一部であると僕は確信している。

だが彼らの作品をいくら繙《ひもと》いても、Bourgogne《ブルゴーニュ》の漢字表記は見つからなった。かつての世界の芸術の中心地は、明治の文人たちに歯牙にもかけてもらえなかったらしいのだ。

そこで僕は自分で宛てることにしたのだ。思いついたのは博訥《ボーヌ》に向かう列車に乗っている時だ。どこまでも高い空の下、強くはないが明るい日射しが、地平線一杯に広がる黄金の斜面《コート・ドール》を照らしていた。沙布利《シャブリ》、沃斯恩羅馬内《ボーヌ・ロマネ》、尚貝爾坦《シャンベルタン》……葡萄酒《ワイン》愛飲者ならば、名前を聞いただけで涎《よだれ》を三公升《リットル》は垂らしそうな葡萄畑《クロ》の間を、列車は踊るように縫って走っていた。旧約聖書の神が雅各《ヤコブ》に約束した迦南《カナン》の地は、《乳と蜜の流れる土地》と表現されていたが、この地で流れるのは葡萄だ。さらに在りし日の公国の栄光、最後の公位継承者にして薄幸の生涯を送った瑪麗《マリー》のことなどが重なってできた表記だが、出来としては案外悪くないと思うので、こうして使っている次第である。

僕は夕陽に染まる街をもう一度見下ろした。今夜の夜行に乗って国境を越える予定なので、それまで時間を潰《つぶ》す意味合いもある。

法蘭克《フランク》王国を三分割した八四三年の凡爾登《ベルダン》条約によって葡流后《ブルゴーニュ》公国は成立したが、卡佩《カペー》朝の公《デュック》の時代は、地方の一殿様にすぎなかった。一三六三年、瓦盧瓦《ヴァロア》家系の大胆公菲利普《フィリップ》が公位について、全ては一変する。彼は中央集権的な機構を整備するのみならず、法蘭徳斯《フランドル》伯女の瑪格麗特《マルグリット》を妻に迎えて、肥沃なかの地を版図に加える。続く無畏公約翰《ジャン》は、対立する阿馬尼亜克《アルマニャック》派によって暗殺されてしまうが、やがて公国は荷蘭《ネーデルランド》諸公伯領までも版図に加え、仏蘭西《フランス》王国と肩を並べるほどの国力を手にする。この時仏本国から完全に離脱する機会と力を持ちながら、その機会をむざむざと逃した善良公菲利普《フィリップ》の二つ名 Le Bon《ルボン》は、一般に訳されている《善良公《ル・ボン》》ではなく、むしろ《お人良し公》と訳すべきなのかも知れない。

その後を継いだ突進公查理《シャルル》は、優柔不断な先代の分を取り返すかのように無謀な戦いに乗り出し、《万能の蜘蛛》と称された仏蘭西《フランス》王路易《ルイ》十一世の外交の網にかかって、南錫《ナンシー》で戦死する。彼のTéméraire《テメレール》という二つ名は、一般には突進公などと訳されるが、これもむしろ《無鉄砲公》あるいは《向こう見ず公》と訳した方が相応《ふさわ》しいのではないだろうか。凍りついた池から引き上げられた査理《シャルル》の死体は、半分狼に食われていたと言う。時は一四七七年、太陽の光の降り注ぐ隣国伊太利亜《イタリア》で、波提切利《ボッティチェッリ》がかの名作《春《ラ・プリマベッラ》》を描き上げた年だ。

期を窺っていた路易《ルイ》十一世は突然進撃を開始し、たちまちのうちに皮卡第《ピカルディ》、阿図瓦《アルトワ》を占領し、さらに第戎《ディジョン》圧迫のための城まで建設して、街に再三再四砲火を浴びせた。七つあった大聖堂《カテドラル》のうち四つは失われた。二つの大修道院、十を超える僧院は全て毀《こわ》れた。突進公の一人娘で、絶世の美女と謳われた瑪麗《マリー》は、王国への対抗心もあって路易《ルイ》の嫡男（のちの査理《シャルル》八世）との婚姻を拒否、哈布斯堡《ハプスブルク》家の馬克西米利安《マキシミリアン》の許に嫁ぐが、この二人の婚姻は、今日我々が思うのとは全くの逆で、当時は馬克西米利安《マキシミリアン》側の完全なる〈逆玉の輿《こし》〉婚だった。その後の哈布斯堡《ハプスブルク》家の、世界に跨る大帝国の濫觴《らんしょう》は、正にこの結婚だったのだ。

だが薄幸な瑪麗《マリー》は落馬した時の怪我がもとで、わずか二十五歳の若さで世を去る。そして仏蘭西《フランス》王国と神聖羅馬《ローマ》帝国の狭間に、夢のようにほんの一瞬咲いた徒花《あだばな》葡流后《ブルゴーニュ》公国は、地上から永遠に消え失せた。後世の東洋の島国の世界史の教科書で、一行たりとも割いてもらえないほど儚《はかな》く――。

沈みそうでなかなか沈まない太陽が、聖貝尼涅《サン・ベニーニュ》教会の尖塔にぶら下がったまま揺れている。

と、この地方独特の模様を持つその屋根を眺めた。

実はこの教会は、世界で初めて扉門上壁《タンパン》に《最後の晩餐》を刻んだ教会である。きっとこの地方では、聖餐の儀式を重視する克盧尼《クリュニー》派の影響が強かったからだろう——。

ふと気付くと若い男女も馬格裡布《マグレブ》人も去って、僕以外に塔の上には、いつの間にか登って来た淡い髪の色の娘が一人いるだけだ。男物かとも思える大きめの襯衫《シャツ》をふんわり纏った娘は、使い古しの革の涼鞋《サンダル》に洗い晒しの丹寧布《デニム》を穿いて、けだるそうに太陽に背を向けて柵に凭れかかっている。

化粧気はまるでないが、手首に巻いた、青と黄色の斜め縞の入った組紐がお洒落だ。その首は愕くほど細く、その頬は愕くほど白い。つい最近どこかで会ったような気もするが、知らない娘だ。

娘の尖った白い鼻は、僕の視線を避けるように横を向いた。僕は不躾《ぶしつけ》に見つめ過ぎたことを反省し、娘に背を向けた。

若くして死んだ瑪麗《マリー》だったが、この世に一人の男の子を遺していた。母の美貌を受け継いだのか、成長して《端麗公《ル・ボー》》とも呼ばれるようになったその子は、西班牙《スペイン》王国の後継者胡安娜《ファアナ》と結婚する。その端麗公が二十八歳で早世——毒殺説もあり——すると、残された胡安娜《ファアナ》は夫の埋葬を頑《かたく》なに拒み、その棺を馬車に乗せて卡斯蒂亜《カスティーリア》領内を何年も彷徨《さまよ》い続けた。この奇行によって狂女王《ラ・ロカ》と呼ばれるようになった彼女は、後半生の四〇年以上を幽閉されて過ごすことになるのだが、この二人の間に根特《ヘント》で生まれた跡取り息子こそが、のちに神聖羅馬《ローマ》帝国王にして西班牙《スペイン》国王を兼ねることになるかの査理《カール》五世（西班牙《スペイン》国王としては査理《カルロス》一世）である。両側から仏蘭西《フランス》をがっちり挟み込んで抑える彼の存在は、消えた公国の怨念が、人の形を取って結実したかのようだった。

だが歴史は逆行しない。怨念は果たされても、一度滅んだ国が復活することはない。獅子の爪を切られ、牙を抜かれたその後の葡流后《ブルゴーニュ》は、ひたすら六角形《エグザゴーヌ》の国の農作物製造所、特に葡萄酒《ワイン》の醸造所という地位に甘んじて今日《こんにち》に至る。そして葡流后《ブルゴーニュ》という音の響きは、栄光よりも食欲を、戞戞《かつかつ》たる甲冑《かっちゅう》の響きよりも唎き酒《デギュスタシオン》のぴちゃぴちゃいう音を、また燉雞《コック・オ・ヴァン》や法国田螺《エスカルゴ》を平らげる舌鼓の音を、連想させるものへと堕したのである。

僕は観劇用雙筒鏡《オペラグラス》を外し、夕陽が染める街並みをぼんやりと眺めた。

東側に目を転じると、現在は美術館になっている宮廷の左翼が拡がっている。洛倫佐《ロレンツォ》・羅特《ロット》、委羅内塞《ヴェロネーゼ》、魯本斯《ルーベンス》などもあるにはあるが、いずれも傑作と呼ぶにはもう一つの作品だ。それでもここまで足を延ばしたのなら、二階の一番奥、守護《サル・ド・ガルド》の間にだけは最低行って欲しい。そこにあるのは二つの墓である。

「Mon seigneur《モンセニュール》」

突然声を掛けられて、僕は慌てて振り返った。いつの間にか近くに来ていた例の金髪の娘が、莞爾《にっこり》と微笑んでいる。

「ひょっとして、それを目に当てると良く見えるのですか?」

娘は僕の手の中の観劇用雙筒鏡《オペラグラス》を指差している。

おやこの娘、双眼鏡も使ったことがないのだろうか? これはまたとんでもない田舎娘だと思いながら僕は差し出した。

娘は受け取ると、それをそのまま鳥の卵でも抱くように胸の前で抱えた。

「結構重いのですね」

「ああ」

どうやら本当に使ったことがないらしい。僕は使い方を説明した。

娘はそれを両の目に当てると、凝《じ》っと東の方角を眺めはじめた。他の方角は見ようともしない。

大胆公菲利普《フィリップ・ル・アルディ》の墓の制作は一三八四年、大胆公存命のうちにはじめられた。列日《リエージュ》からは美しい大理石が、熱那亜《ジェノヴァ》から最上級の雪花石膏《アラバスター》が運ばれた。そして本人が死んで六年後の一四一〇年に、墓はようやく完成した。

その墓の上部では、黄金の羽根を拡げた二人の天使が、黒い大理石の上で合掌する大胆公の横臥像を見戍《みまも》っている。その墓石を支えているのは、その姿勢《ポーズ》も表情も、一人一人みんな違う四十一体の彫像の女たちである。彼女たちは、あるものは頭巾《ずきん》で顔を覆い、あるものは天を仰ぎ、またあるものは目を伏せ、恐るべき精巧な造形のうちに佇んでいる。その姿はあたかも七〇年後の公国の運命を予感して嘆いているかのようでもあり、また巨大な悲しみが、そのまま雪花石膏《アラバスター》の形に凝固したかのようでもある。

大胆公の隣では、一四一九年に暗殺された無畏公約翰《ジャン・サン・プール》が、王妃の瑪格麗特《マルグリット》と一緒に眠っている。こちらは本人たちが鬼籍に入って暫く経って、一四四三年から七〇年まで、二十七年の歳月をかけて作られたものだ。埃及《エジプト》の金字塔《ピラミッド》や日本の御陵《みささぎ》の例を引くまでもなく、支配者の墓はその国の国力の象徴であるからして、人々はその歳月に驚くことはあまりないかも知れない。しかし、とにもかくにもこの街の空気をしばらくの間吸った者としては、この《若死の獅子の国》（赫伊津哈《ホイジンガ》）の在りし日の栄光に、思いを馳せずにはいられない。

「ぼやけて、よく見えません」

我に返った。娘が再び話しかけて来ていた。そうか、焦点の合わせ方も知らないのか。

横から手を伸ばして、焦点を合わせるつまみの廻し方を教えてあげると、娘は一旦目を放し、驚いたように僕の方を見た。さっきから一心不乱に何を見ているのか訊こうと思ったが、妙に口が重くて聞けなかった。

「Merci《メルシ》」

玲瓏《れいろう》な声と共に、小さな双眼鏡は帰って来た。

その時僕は、娘が誰に似てるのか、やっと気がついた。

「貴女は……失礼ですが、あの、瑪麗《マリー》・徳《ド》・葡流后《ブルゴーニュ》に似てますね。下の美術館に飾ってある肖像画にそっくりだ」

娘は淡い金髪をかき上げて笑った。

「本人ですもの」

「じゃあ、落馬して死んだんじゃなかったんですね」

「あれは替え玉ですわ」

娘がとぼけた顔をして答えるので、噴き出すのを堪えて言った。

「随分と長生きですね」

「五〇〇歳を超えてからは、いちいち数えるのを止めましたわ」

「なるほど」

僕は今度は声を出して笑った。

話題が途切れた。娘は遠い東の空を、まるで夢見るようにぼんやり眺め続けている。

「何を見ていたのです?」

思い切って訊いてみた。

だが娘は答えず、右の手で鉄製の柵を軽く握りながら、ただ夕陽を浴びている。淡い髪に夕陽が当たって、その姿は今にも空気の中に溶け入らんばかりに美しかった。

僕はその時突然、自分でも当惑するような理不尽な欲望にかられた。そして気が付くと、いつの間にか自分の手を差し伸べて、鉄策を握る彼女の掌の上に重ねていた。

その手は、まるで波打ち際の小石のようにすべすべしていた。

彼女は何の反応も示さない。この抵抗の無さが、僕を更に当惑させた。

僕は自分が何をするつもりなのか、自分でも全くわからないまま、何か巨大なものの力で衝《つ》き動かされているかのように、もう一方の手を伸ばして彼女の左肩に触れた。繊細な竹細工のような、華奢《きやしや》な肩と鎖骨の感触が伝わって来た。

だが彼女は、依然として何の反応も示さない。抵抗するでもなく、こちらを見るでもなく、まるで僕など初めからどこにも存在していないかのように、暮れなずむ東の空をただ凝《じ》っと眺めているだけである。

からからに渇いた喉が痛かった。迫り来る夕暮れの中で、娘の唇だけが桜貝のようにかすかに揺れている――。

「もう閉《オン・ヴァ・フェルメー》めるよ」

大きな声と鍵を鳴らす金属音が背後から聞こえ、僕は弾《はじ》かれたように振り返った。お歳暮用の火腿《ハム》のように太った塔の番人が、階段の入り口のところに立って僕等を見ていた。

番人は鍵をじゃらじゃら鳴らしながら、塔の裏側へと廻って行った。他に誰かいないか確かめるためだろう。

僕は彼女の肩に載せていた左手と、その掌に重ねていた右手をゆっくりと引っ込めて、溜め息をついた。だがそれは自分でも抑え切れない行為を、外的な力によって中断することが出来たという安堵の溜め息だった。

一方娘は、再び吹き始めた風に淡い金髪を棚引かせながら、あいかわらず何事もなかったかのように東の空を眺め続けている。

「降りないのですか?」

僕はその横顔に声を掛けた。

「降りますよ。でも連身裙《ドレス》の裾を持ってくれる随身が来ませんと」

視線を落とし、丹寧布《デニム》生地に包まれた自分の膝のあたりを見ながら言う。

僕は彼女の頭の回転の速さに内心舌を巻いた。僕の行為を咎《とが》めるつもりはないが、一緒に階段を下りるつもりは毛頭ないということだろう。何とも断り方が心憎い。女王様は閉館の時間になろうが、庶民のように慌てて降りたりはしない。召使たちに連身裙《ドレス》の裾を持たせながら、一段一段ゆっくり降りるというわけだ——。

「ではお先に」

僕がそう告げると、彼女は折れそうなほど細い首を、ゆっくりと廻して僕に会釈した。

だが螺旋階段の入口に入りかけた僕の目の前に、その黒くぽっかり開いた穴から、数人の男が飛び出して来た。番人がもう閉めるよと言っていた以上、そこから人が出て来ることは全く予想していなかったので、正面衝突を避けるのがやっとだった。

「いたぞ！」

大きな声に振り返ると、飛び出して来た男たちが娘の周囲を取り囲んでいた。男は全部で三人だった。その中の一番屈強な男が、娘の手首を取って後ろ手に捩じ上げている。娘は抵抗するが、男の力に叶うはずもない。さらにまた別の禿頭の男が、もう一方の手首を摑む。

「おい、一体何をしてるんだ！」

僕は急いで彼女の許《もと》に駆け戻った。

「おいおい兄さん、勘違いしないでくれよ。俺たちは怪しい者じゃない。こういう者だよ」

独り離れて立っている眼鏡をかけた男が、首からぶら下げた身分証明書を見せた。

そこには驛舎《えき》を挟んで中心街の反対側にある、精神病院の名前があった。敷地内に摩西《モーゼ》の井戸という、豪胆王の墓碑を作ったのと同じ芸術家の手になる、有名な彫刻があることで知られている。

そして次の瞬間僕は、彼らにあべこべに心配される身になっていた。

「あんた、大丈夫だったかい？　何も危害は加えられていないかい？」

僕はただ首を横に振るのが精一杯だった。

「そうかい。この娘、可愛い顔をしている癖に、やることは半端ないからな。これまで一体何人の看護士が怪我をさせられたことか。今日だって、逃げるとき雑貨屋の店先から飛び出し小刀《ナイフ》を盗んでいたから、一刻も早く見つけなきゃいけなかったんだ」

やはり身分証明書を下げている禿頭の男が言葉を継いだ。

「今日は何年かぶりに親御さんが面会に来て、このところ経過も良かったし、親御さんも絶対に大丈夫だと言うんで一緒に外出することを許可したら、案の定このざまだ。全く、世話焼かせてくれるぜ」

娘はそのまま、男たちによって引き立てられて行った。

――

僕はいま、一枚の絵の前に立っている。

絵の中で公国最後の君主である彼女は、透き通るような白い肌を見せながら、向かって右側を向いて立っている。白い手が巻いた紙片を持っているが、伸ばした中指は紙には触れずに浮いているようだ。だから今にも紙片を落としそうな、そんな危うさを感じる。その背後には、空気遠近法によって青く描かれた遠くの山と、深そうな湖がある。また奇妙な枝ぶりをした樹木が一本だけ描かれている。枝分かれはしているのだが、その分かれ方が弱く、横にはほとんど広がっていない。

その枝は葡流后《ブルゴーニュ》の血脈を暗示しているのかのようだ。すると落ちそうになっている紙片は、その後の公国の運命か——。

ここは維納《ウィーン》の美術史美術館。まさかこんなところで、彼女と再会することになろうとは。だが公国最後の女王の肖像が、本領から遠く離れた墺太利《オーストリア》の首都にある理由は説明不要だろう。自分を拿破崙《ナポレオン》だと思い込む誇大妄想狂が世界中にいるのだから、葡流后《ブルゴーニュ》の若い娘の中に、自分を瑪麗《マリー》・徳《ド》・葡流后《ブルゴーニュ》だと信じる患者がいたとしても不思議はない。

だが僕は、今でもときどきこんなことを思うのだ。

娘が手首に巻いていた、青と黄色の斜め縞の組紐。その切れ端が衣嚢《ポケット》の中に入っていることに気付いたのは、塔から下りて一時間近く経ってからだった。頬と頬が触れるほど近くにあった瞬間に彼女が、僕の衣嚢《ポケット》の中にそっと滑り込ませたものに相違なかった。

もしかすると彼女が小刀《ナイフ》を盗んだのは、それを切り取るためだったのか——。

絵の中の瑪麗《マリー》は、それとよく似たものを首と胸乳の上に巻いている。

するとあの日塔の上にいた彼女は、本物の瑪麗《マリー》・徳《ド》・葡流后《ブルゴーニュ》ではなかったのか？　そしてその呪縛を解く役割は、僕に与えられていたのではないのか？　そして僕は奇跡が顕現すべき瞬間に、自分の臆病さ故に、二度と取り返しのつかない失策を演じてしまったのではないか？聖杯のいわれを訊かなかったことで、漁夫王を救うことに失敗したあの円卓の騎士のように？

あのとき東の空を凝《じ》っと見ていた彼女は、東から来る誰かを待っていたのではないのか？

僕はあの瞬間に、彼女を力ずくで抱き締めるべきだったのではなかったのか？

たとえそれ以外のすべてを擲《なげう》っても、あのとき彼女を抱き締めて接吻することが、僕の生涯に与えられた唯一の仕事だったのではないのか？　杜蘭朶《トゥーランドット》姫を力ずくで抱き締めた卡拉富《カラフ》のように？　彼女の魂は僕と五〇〇年以上離れていたが、あの時彼女の肉体は、確かに僕の隣にあったのだ。

いや、やはりこの話は、書くべきではなかったらしい。自分一人の胸の中に仕舞い込んで、墓場まで持って行くべきだったらしい。

あるいは精神病院に行って診て貰うべきなのは、僕の方なのかも知れない——。

マリー・ド・ブルゴーニュの肖像

ニコラス・レイザー
油彩・木／75.5×54.5／1500年頃／ウィーン、美術史美術館

本書は書き下ろしです。

深水黎一郎（ふかみ・れいいちろう）

一九六三年、山形県生まれ。慶應義塾大学文学研究科後期博士課程修了。二〇〇七年、『ウルチモ・トルッコ』でメフィスト賞を受賞しデビュー。同作は『最後のトリック』と改題文庫化され、ベストセラーとなる。一一年、「人間の尊厳と八〇〇メートル」で日本推理作家協会賞（短編部門）受賞。一五年刊行の『ミステリー・アリーナ』で一六年「本格ミステリ・ベスト10」第1位に輝く。他の著作に『第四の暴力』『犯人選挙』『詩人の恋』など多数。

名画小説《めいがしょうせつ》

二〇二一年八月二〇日　初版印刷
二〇二一年八月三〇日　初版発行

著　者　深水黎一郎
発行者　小野寺優
発行所　株式会社河出書房新社
〒一五一－〇〇五一
東京都渋谷区千駄ヶ谷二－三二－二
電話〇三－三四〇四－一二〇一（営業）
〇三－三四〇四－八六一一（編集）
https://www.kawade.co.jp/

印　刷　株式会社亨有堂印刷所
製　本　加藤製本株式会社

Printed in Japan
ISBN978-4-309-02977-1